17/…

Marta,

con l'augurio …

nella forza …

protagonista di questa

semplice ed emozionante

storia.

Per tutti i sogni.

Buon Viaggio

Franco

FRANCESCO PINCIN

PURA LINFA

CERCANDO FEDE E VERITÀ

BOOKABOOK · NARRATIVA ·

PURA LINFA
FRANCESCO PINCIN

In copertina: fotografia di Francesco Pincin

bookabook - www.bookabook.it
ISBN: 978-88-3323-587-5

PURA LINFA

CERCANDO FEDE E VERITÀ

BOOKABOOK

Cara lettrice, caro lettore,

il libro che hai tra le mani non è solo un'ottima lettura.

È un libro che è stato scelto con cura, due volte.

La prima dai nostri editor, che danno un giudizio professionale sulla qualità dell'opera; la seconda dai lettori, su bookabook, che hanno sostenuto il libro pre-ordinandolo dopo aver letto l'anteprima e diventandone, in questo modo, gli editori morali.

Bookabook è un nuovo modo di vedere l'editoria e, soprattutto, il rapporto tra scrittore e lettore.

I lettori non sono più solo consumatori di un prodotto, ma si rendono parte attiva del processo editoriale.

Una volta scelto dai lettori, il libro riceve tutta la cura di cui ha bisogno: editing, revisione, progetto grafico. In seguito viene pubblicato, in cartaceo e digitale, e distribuito online e nel circuito delle librerie.

È una rivoluzione, anche se in realtà non abbiamo inventato nulla! Già nel 1850 il sociologo positivista Auguste Comte realizzava i suoi scritti attraverso il sostegno dei futuri lettori.

Le potenzialità della rete, la sua capacità di creare comunità mettendo in contatto tra loro persone vicine e lontane, hanno fatto il resto.

Far parte di questa rivoluzione è semplice: puoi iniziare leggendo questo libro e, se ti piace, consigliarlo a un amico. Oppure puoi andare su bookabook, scegliere il tuo prossimo libro preferito e pre-ordinarlo con uno sconto usando il coupon "booked".

Buona lettura!
I fondatori,
Emanuela e Tomaso

PREFAZIONE

Non intendo introdurre una prefazione a questo lavoro a titolo di sottolineare l'importanza del contenuto, ma solamente per chiarire il valore etimologico delle espressioni fede e verità.

Sono sostantivi di grande rilievo e contenuto.

Sul piano etico e religioso sono i pilastri di verità eterne.

In riferimento al racconto, solo due precisazioni:

- *fede* intesa come fiducia nel valore dei sentimenti, nei rapporti umani, fra cui eccelle l'amore.
- *verità* intesa come fedeltà ai fatti vissuti, rispetto degli eventi nella ricerca di chiarezza nell'esposizione dei fatti realmente vissuti e infine, ricostruzione di un percorso fedele alla realtà del "vissuto", e non alterato dalla fantasia.

Infine, il dovere della chiarezza che cerca nella realtà, la conferma della fede nel vissuto e della verità nel custodirlo.

Dedicato alla passione,
alla pazienza,
all'amore,
a Laura,
a Marianna,
a Giorgia.

1

Trasparente come l'aria, fresca come rugiada, tonda come la luna.

Fu lei. La prima di tante.

Restò un attimo lì, sul limite del vuoto.

Saltò fuori dal di dentro suo e si fermò, quasi incredula d'aver preso vita.

Era tempo che aspettava quel momento. Così... Scivolò d'improvviso nel vuoto, contenta, felice, entusiasta.

Dietro di lei tante altre lacrime.

Finalmente Andrea piangeva.

2

Ore 9:18 di un mercoledì di metà luglio, Andrea era appena tornato a casa sua.

Era andato a scuola. Era andato a leggere i risultati della maturità.

Con assoluta calma esteriore, ma con un'incredibile ansia interiore, aveva percorso l'atrio, gli scalini e il corridoio dell'istituto come se fosse un pivello al primo giorno.

Invece era l'ultima volta che intraprendeva quel tragitto.

Ora, tornato a casa, era disteso nel suo letto con le persiane socchiuse, le finestre aperte e le tende tirate.

La giornata si prometteva afosa.

Lui cercava già un po' di frescura.

Firenze in quel periodo era caotica: turisti, cantieri stradali, vip, politici, turisti, concerti, monumenti, turisti, vita quotidiana, turisti. Insomma, il caos.

Ma il caos vero, quello che avrebbe intaccato la vita di Andrea, doveva ancora arrivare.

Si stava avvicinando come brezza, anche se il settembre precedente il caos aveva già dato un fortissimo colpo alla sua vita.

Un po' come una tromba d'aria che arriva, spazza e spezza, e se ne va.

In tre secondi la vita si fa caos e non a caso era stata colpita una cosa sola.

Quella che lui chiamava famiglia.

E piangeva, piangeva, Dio se piangeva Andrea, immerso nelle sue lenzuola lì al buio. Piangeva via la tensione di tutto quel periodo.

Si passò le dita lentamente sulle guance, dal naso verso le tempie. Era così scivoloso e fresco il suo viso che cacciò le mani tra i capelli scuri e continuando a piangere iniziò a ridere.

Rideva e piangeva, piangeva tanto e rideva di più.

In quel momento iniziò a rendersi conto di cos'era riuscito a fare in quei pochi mesi di scuola.

Sì, i primi due, settembre e ottobre, li aveva persi.

Non per colpa sua, per colpa del *caos*.

3

Fu scoperto in seguito che Umberto Sandelli, trentotto anni, originario dell'entroterra pisano, era stato condannato dai medici a una via senza ritorno.

Gli avevano appena diagnosticato una rara malattia della quale ignorava ogni sua più piccola sfaccettatura.

Era un gran lavoratore questo pisano, da oltre vent'anni dipendente di una ditta di informatica.

I medici gli avevano trovato uno strano tumore agli occhi, che si diramava all'interno colpendo il cervello.

Diagnosi: tra i tre e i sei mesi di vita.

Fu preso dal panico.

Umberto Sandelli aveva una casa piena di vita.

Una moglie, Marta, che era vita stessa, pura linfa.

Non ancora figli, o così credevano tutti. Stava piangendo, Umberto.

Turbato e triste stava facendo ritorno a casa e non era pronto a dover affrontare il suo amore con una così brutta e terrificante notizia.

Piangeva, Umberto.

Voleva asciugarsi le lacrime di dolore, così cercò il fazzoletto. Non trovandolo nella tasca destra dei suoi jeans, guardò in macchina. Cavolo! Era sul sedile del passeggero e per recuperarlo senza accorgersene prese nello stesso istante anche un semaforo rosso ai novanta all'ora.

Il giornale parlò di un'incredibile tragedia. Le due vetture coinvolte nell'incidente erano partite praticamente nello stesso momento dallo stesso ospedale per la stessa direzione, ma con vie diverse e con notizie opposte.

Umberto Sandelli, al quale rimanevano pochi mesi di vita, tagliò la strada alla vettura condotta da Alessandro Liverani e sua moglie Camilla, uniti dalla notizia che dopo tanti anni aspettavano un bimbo, un fratellino o una sorellina per Andrea.

Tutti morti sul colpo.

Nessuno fece causa, le indagini si chiusero presto. Rimase il dolore.

Rimase solo un fazzoletto bianco a volteggiare nella brezza del caos sopra alla ferraglia insanguinata.

Il fazzoletto cadde sulla strada e il silenzio con lui.

E sì! Andrea aveva passato due mesi in silenzio nella sua nuova, vuota, solitaria vita senza più genitori. Settembre e ottobre erano trascorsi come se non fossero esistiti. Aveva poi deciso di terminare gli studi anche convinto dalla vedova Sandelli, si concentrò così tanto sullo studio che in quei pochi mesi non ci fu nessun altro pensiero, la sua votazione finale fu 72/100.

Era riuscito, basta, aveva finito, era diplomato.

Per questo rideva.

Per tutto il resto, piangeva.

4

Andrea ora si sentiva più leggero, era come se si fosse sgretolato il macigno di tensione che si portava dietro da settembre. Adesso che lo stress accumulato si era sciolto e le lacrime erano passate via come la pioggia di un temporale, si sentiva così stanco, sfinito fisicamente ma onestamente più libero.

Si mise seduto sul letto, fece un sospiro e si tirò in piedi. Andò allo stereo. Serviva una musica "giusta", guardò nella sua raccolta, trovò i Linkin Park. Forse non era la musica "giusta" ma era quella che lo ispirava di più. Accese lo stereo, alzò il volume e andò in bagno a farsi una doccia.

Da lì a poco il telefono squillò.

Sapeva che era Marta a chiamarlo, ma non rispose.

Ora Andrea voleva solo una bella doccia.

Drinn... Silenzio. *Drinn*... Silenzio. *Drinn*...

«Su, Andrea, dai, rispondi per favore. Fammi sapere com'è andata. Vabbè! Non insisto troppo, ancora due squilli e poi attacco» disse Marta.

Andrea rimase sotto la doccia il tempo necessario per sciacquare via quegli ultimi sprazzi di odore di tensione e paura. Continuava a pensare di avercela fatta, e più ci pensava più prendeva coscienza di tutto ciò che erano stati quei lunghi mesi.

Prendeva consapevolezza della morte dei suoi genitori, si rendeva conto del tempo passato in solitudine; sì, c'era anche la conoscenza di Marta, la loro amicizia che era nata dalla tragedia dell'incidente; c'erano gli sforzi fatti per gli studi; in sottofondo c'era pure Irene, allontanata a malincuore già a settembre.

Era luglio, e un altro settembre si avvicinava: era già un anno.

Un anno alle spalle e un'altra nuova vita da inventare davanti a sé.

Ora Andrea era libero da ogni tipo di vincolo. Senza scuola, senza lavoro, senza morosa, senza famiglia. In tutto questo caotico vuoto Andrea iniziava a sentirsi vivo. Iniziava di nuovo ad avere dei desideri, a voler far qualcosa come la sua vita prima ne era piena. Sì! Era giunta l'ora.

Di colpo il telefono riprese a squillare.

«Pronto?»

«Ehi Andrea.»

«Ciao Marta, come stai?»

«Bene grazie. Sì, ma dimmi di te. Sei andato a scuola?»

«Sì Marta, sì: 72/100.»

«SETTANTADUE?! Meraviglioso! Cosa fai? Vieni che festeggiamo?»

«Sì, dammi solo il tempo di prepararmi, sono uscito ora dalla doccia.»

«Va bene dai, ti aspetto.»

«Ok, a dopo.»

«Andrea, Andrea!»

«Sì...»

«Sarebbero tutti fieri di te: Umberto, Alessandro e Camilla. Bravo. Ti aspetto.»

«Grazie Marta, arrivo.»

Posato il telefono Andrea accese un incenso e si prese un attimo tutto suo. Uno di quegli attimi che può vivere chiunque si senta realizzato in qualcosa di importante, un piccolo stellare momento di felicità. Alzò di più il volume e danzò. Si sfogò ballando, danzando e urlando.

Aveva tanta merda da far uscire dalla sua anima, era giusto così. Finalmente era felice.

5

Marta Verdobbio vedova Sandelli, anni trentanove, pura linfa.

Era stata lei a sostenere Andrea nella loro tragedia. Una donna si sa, alla fine è sempre più forte di un uomo.

Marta quel tragico giorno di settembre era appena tornata da un viaggio di lavoro in Turchia; mentre stava decollando alla volta di Firenze, secondo la stampa, un gruppo di integralisti islamici aveva fatto scoppiare una bomba nell'hotel dove alloggiava a Istanbul.

Marta, che donna!

Lei sapeva che l'incidente del marito non era un tragico destino, era il conto da pagare, era il male che si presentava con tutti gli interessi del caso. Solo che adesso aveva paura per Andrea.

Era arrivato il momento di raccontargli tutto?

Sì, era il momento della verità.

Scarpe da ginnastica, jeans consumati e una t-shirt, tutto quello di cui ora Andrea aveva bisogno.

Chiuse la porta di casa e scese le scale. Arrivato al portone controllò la buca delle lettere: niente. Aprì il portone e se la trovò lì davanti.

Splendidi occhi da cerbiatta, capelli castani leggermente mossi, labbra profumate di desiderio e l'innocenza dell'età che solo lei sapeva portare con tanta sensualità.

Ma lei non è maliziosa, è genuina, onesta. È così, è Irene.

Si aspettava lo stupore di Andrea e rimase lì.

Passarono qualche attimo a non dirsi nulla, si guardarono con tanta intensità ed energia che in un istante si ritrovarono abbracciati a sussurrarsi dolci coccole.

Non si volevano bene, si amavano, e quanto si amavano. C'era un rispetto fra di loro, che nessuno tra gli amici ci credeva che tra quelle due anime gemelle non fosse ancora successo nulla. Ma loro non avevano fretta, gli andava bene così. Anche se per tutti quei mesi Andrea si era silenziosamente allontanato, lei non aveva temuto di perderlo e si era messa in un cantuccio ad aspettarlo, lo amava tanto.

A Irene in quel momento batteva così forte il cuore che abbracciò Andrea tanto stretto da farlo commuovere. Lui sentiva il seno di Irene che batteva forte contro il petto.

Dio, quante emozioni tutte assieme oggi, e non è ancora mezzogiorno, pensò Andrea con una sola lacrima ad accarezzargli la guancia.

«Andrea,» sussurrò Irene «volevo salutarti. Io parto.»

«Ci stavo pensando anch'io a un viaggio,» rispose Andrea «sai già dove andare?»

«Verso nord.»

«Cosa c'è di bello a nord?»

«Mi hanno parlato di serenità, è quella che sto cercando. Sai, Andrea, non è facile neanche per me. Tutti questi mesi...»

«Ehi!» esclamò lui. «Non aggiungere altro. Va bene così.»

Andrea si fermò un secondo ad accarezzare Irene e a guardarla con amore, lei socchiuse un istante gli occhi e fu subito passione. Andrea si era tuffato in un dolce, caldo e passionale bacio.

Una stella che passeggia su prati in fiore accarezzati d'amore. Erano per la prima volta una vera unica entità. Si rifugiarono dentro all'androne, continuando a baciarsi. Andrea prese in braccio Irene, entrarono in casa di lui, si buttarono sul letto e fecero l'amore fino a pomeriggio inoltrato.

Era giusto così.

Se veramente quello era un addio, doveva essere un addio pieno di attenzioni, di carezze, di pelle sfiorata e baciata, un addio di sorprendente sicurezza e passione. Un addio d'amore.

Un giusto, semplice, addio.

Marta, nell'attesa che Andrea arrivasse, si era messa a bagnare i fiori sui balconi. La casa si trovava al terzo piano di un bel palazzo, affacciata su due vie e la facciata a nord era di fronte alla casa di Andrea. Con serenità bagnava le calle, le primule, i gerani e le violette quando in un attimo la sua attenzione fu colpita da una figura sotto sul marciapiede. Era Irene.

In tutti quei mesi Andrea le aveva parlato molto di quella dolcissima ragazza, le aveva mostrato anche diverse foto di loro insieme. Conosceva tutto di loro, Andrea perlomeno su questo tenero argomento era stato un libro aperto. Marta osservava Irene: ferma immobile a scrutare il portone di Andrea, insicura se suonare il campanello o così sicura che da lì a poco sarebbe uscito il suo grande amico. La sua vera passione di vita, il suo amore: Andrea.

Il portone si aprì e lui uscì. Coincidenza? No, queste non sono coincidenze.

È il nostro destino, già disegnato ma a noi sconosciuto, pensò Marta in quell'istante, con una gioia infinita che le commosse l'anima.

Rientrò in casa, andò in cucina a prepararsi una tazza di tè. Poi scivolò lentamente verso il salotto. Accese lo stereo con le dolci note di Sade. Incendiò un incenso e, sprofondando sul divano, non aspettò più Andrea ma con una sensazione di verità e liberazione iniziò a scrivere.

Caro Andrea, oggi...

6

«Ehi, ciao.» Lei lo salutò con una carezza, un bacio, un sorriso.

«Che bella sei, Irene.»

«Shhh! Dormi ancora un po' e fatti abbracciare.»

«Vieni qui.»

Rimasero lì, tranquilli e sereni come non lo erano mai stati. Sublime attimo di dolcezza.

Dopo, Irene si alzò lentamente dal letto e si fece una doccia. Andrea, sentendola muoversi, alzò leggermente le palpebre e la vide allontanarsi: che corpo seducente, che anima calda, dolce venere di miele.

Quando tornò dal bagno, ancora con i capelli bagnati, era vestita con una sola maglietta di Andrea che le arrivava a mezza coscia.

«Irene» disse Andrea con voce ferma e profonda.

«Ciao» rispose lei.

«Ma è tutto vero?»

«Sei proprio un maschio! È buono il tuo doccia schiuma. Però... Senti, quanto ci credi in noi?»

Lui sbarrò gli occhi e dopo un attimo rispose: «Credo in noi come credo nel Sole e nella Luna, anzi... Credo in noi come tu credi in te stessa. Lo so cosa pensi di te, come ti vedi, come ti senti».

«E come sarei?» chiese Irene.

«Sei acciaio puro che scorre nel tuo sangue; sei di animo candido e fedele di sentimenti; sei calda carne amante e tenace ragazza, sei... quasi donna.» Poi continuò: «No, dopo oggi sei Donna».

«Ma sì e tu sei uomo, ma va va...» e gli tirò un cuscino in faccia, ridendo.

7

Lentamente, e con tutto il suo peso, un lungo convoglio procedeva sempre più piano, mentre l'altoparlante annunciava: "Il treno interregionale diretto a Bologna è in arrivo al binario tre".

La stazione era affollata come non mai quel giorno. Tutti con gli sguardi persi nei loro viaggi, passati o futuri. Tra quella moltitudine di persone si nascondeva anche lei quasi con ansia, frenesia, così rapida e sfuggente, così vogliosa di un nuovo domani ma pure così triste per il vecchio ieri. Ora non poteva più tornare indietro, il treno aveva iniziato il suo cammino, con tutto quel bagaglio di persone pronte a inventarsi un nuovo futuro.

Aveva deciso che quando si sarebbe resa conto che Andrea era pronto per trovarsi da solo, lo avrebbe lasciato al suo cammino. Sarebbe iniziato proprio quel giorno, perché quando concludi un percorso fatto di impegno e sacrificio, e ottieni un giusto e forte risultato pragmatico, devi lasciare tutte le tue sicurezze e tuffarti in un nuovo e più avventuroso viaggio, alla ricerca della tua anima. Alla ricerca di te.

E così, appena vista la scena del portone, pensando, fumando e bevendo, Marta scrisse una lettera ad Andrea. Senza timore alcuno, come sempre nella sua vita, aveva deciso che quell'estate per lui non sarebbe dovuta essere una tranquilla, rilassante, normale estate.

Doveva essere l'essenza di quel viaggio chiamato *vita*.

Uscì di casa verso le sette di sera, tutta organizzata come sempre: alle piante c'era chi ci pensava. Varcato il suo portone, entrò in quello di Andrea; con tocco rapace infilò la lettera nella buca e fuggì verso la stazione di Santa Maria Novella.

Ormai era in prossimità di Bologna, l'orologio segnava con le sue lancette d'oro quasi le nove di sera. Avrebbe passato un'ora in stazione, sì, proprio in quel luogo di tragico destino che tante estati fa aveva segnato la sua vita. In un attimo le balzò in testa il ricordo della telefonata, l'ultima chiamata avuta con sua mamma, un ricordo indelebile...

«Ciao Marta, come stai?»

«Ciao mamma, bene. Sai, la nonna oggi mi ha comprato una bambola.»

«Che bello, tesoro. Ti stai comportando bene, amore?»

«Sì, sì mamma, oggi andiamo al mare. Ma voi quando arrivate?»

«Domani, tesoro, arriviamo domani. Oggi siamo a Bologna. È una bella città, sai piccola, ci sono due torri stranissime, una bella piazza e una grande stazione dei treni. Un giorno ti ci porto, io te e papà, che ne dici?»

«Sì, sì...»

«Mi passi nonna un attimo, per favore?»

«Ciao mamma, ciao ciao. Nonna...»

Ore 10:25 del mattino del 2 agosto 1980. Una bomba scoppiò nella sala d'attesa della stazione di Bologna. Marta non sentì e non vide mai più i suoi genitori.

Quel destino la cambiò. Quello stesso destino oggi la voleva con sé, e insieme cambiarono rotta. Era la prima volta che si recava a Bologna, erano passati trent'anni. Dopo tutto quel tempo, di fronte a un orologio fermo e rotto, dinnanzi a una ferita senza tempo, Marta pianse finalmente i suoi genitori.

Furono poche lacrime di commozione.

Non uscì dalla stazione per visitare due torri stranissime, una bella piazza; non visitò la città, ma si imbarcò su un altro treno verso nord. Accese il telefono, Andrea non aveva ancora chiamato. Era ancora con Irene.

8

«Cavolo ma come ho fatto?!»
«Cosa? Cosa c'è?»
«Nooo!!! Mi sono dimenticato di Marta!»
«Marta? E perché? Dovevi chiamarla?»
«No, stavo andando da lei quando...»
«Quando?»
«Eh... Quando ci siamo incontrati noi.»
«Mi spiace.»
«Come ti spiace? Di avermi incontrato?»
«No scemo, mi spiace per Marta. Forse è in pensiero, chiamala subito, dai!»
«Aspetta, fammi vedere se è in casa.»
«È colpa mia, scusami. So che bel rapporto siete riusciti a costruirvi.»
«Un momento, no. A casa non c'è. Ma... Come sai del rapporto mio e di Marta?»
«Siamo state molto vicine in tutti questi mesi.»
«Ma non mi ha mai detto nulla, perché?»
«Perché ti capiva, ti comprendeva e portava pazienza.»

Irene e Andrea rimasero lì in casa a parlare e mangiare. Che bello era gustare il tempo e ogni emozione insieme, tranquillamente, con serenità e spensieratezza. Che bello era viversi.

Irene non aveva proprio voglia di salutare Andrea e tornare a casa. Non gli passava nemmeno nell'anticamera del cervello. Però a un certo punto lo interruppe e gli chiese: «Posso chiamare i miei?».

«Sì, perché? Se vuoi ti accompagno io, se desideri tornare a casa.»

«In verità volevo chiedergli se Irene poteva dormire fuori stasera.»

«E dove vorrebbe dormire questa Irene?»

«Le piacerebbe dormire da Andrea, se può.»

Andrea fece finta di rifletterci, poi avvicinandosi a sfiorarle le labbra sussurrò: «Certo,» e la baciò «il telefono è qui, io mi faccio una doccia».

Andrea andò a nascondersi sotto gli zampilli d'acqua per lasciarle tutta la calma del caso. Finita la telefonata di rassicurazioni, Irene raggiunse il suo amore sotto la doccia. Andrea non si spaventò, ma si emozionò. Si sfioravano uno con l'altra, si guardavano, si insaponavano, si baciavano sfuggenti e si abbracciavano. Un attimo dopo si trovavano sul letto, a dar la buonanotte al loro primo giorno di una nuova vita fatta di speranze e ricerche, di nuova fede e sconosciute verità.

Era ancora notte quando Andrea aprì gli occhi. Le sue narici erano inondate dal sensuale profumo della pelle di Irene. Erano abbracciati, distesi sul fianco. Lui le prese la mano, l'avvicinò a sé, la osservò un po' e la baciò delicatamente.

Lei, sognando chissà cosa, si voltò sull'altro fianco, portandosi via il lenzuolo e facendolo scivolare oltre il suo corpo magico d'amore e sesso.

Lui si mise a osservare i piedi minuti, i polpacci tenaci, le cosce tenere, il sedere maturo e sodo, la schiena sportiva e i capelli leggermente mossi da pensieri di dolci sogni.

Le accarezzò il braccio, le baciò la schiena e poi si girò. Aprì il cassetto del comodino, prese il suo quaderno e la biro, accese l'abat-jour e iniziò a scrivere.

Le realtà virtuali del mio cervello indicano vie di fuoco ai miei sentimenti.

Gatti scorrazzanti felici giocano con farfalle libere dalla noia del cemento. Uno zampillo di luce esclama l'arrivo del quieto giorno uggioso autunnale e le perplessità amorose rimangono utopie del cuore e per il cuore. Correre lungo eresie cantate ai quattro venti, è orgoglioso il serpente che vi è in me.

Un amuleto si stacca dalla flebile mano di un giovanotto rimasto bambino, cadendo nella pozzanghera, che da lì a poco sarà schiacciata dalla prepotente tecnologia umana; e il povero ragazzo dovrà restare lì indifeso a guardare quel ridicolo e umiliante spettacolo del suo povero amuleto. Cercherà di rimetterlo in sesto, ma solo quando troverà lo spazio per la sua felicità, potrà di nuovo lodare il suo Dio, il suo amuleto.

Leggiadre passeggiate lungo i confini del Magnifico potranno riportare all'uomo quel sentimento di fede che ormai ha perso.

Lunghe chiome svolazzano al soffio leggero di quell'umile vento che, soffiando soffiando, risveglia in noi ricordi caduti nelle ceneri dei nostri cervelli di cartapesta.

Un saluto esclamato alla natura viene corrisposto con un bellissimo sorriso di recente brinamento. La bieca indole dell'uomo è nascosta e malvagia, come il nostro vero io che vive in noi, facendoci venire un forte mal di testa di profumi d'odio sbeccato al tramonto.

Sesso armonico viene fornito ai nostri occhi interiori, grazie a ricordi e visioni future.

Che bello fantasticare!

Le noti dolenti di sangue affiorano come stelle in cielo, amiamoci sul serio.

Urliamo e danziamo, in tutto, per tutto e con tutti.

Andrea

Tirò il fiato e rilesse velocemente; in quei mesi aveva imparato a scaricare le emozioni scrivendo. Gli piaceva, era soddisfatto. Ripose il tutto nel cassetto, lo chiuse e spense la luce. Si abbassò fino ai piedi di Irene.

Iniziò con molta calma e sensualità a baciarglieli. Piano piano, con dolcezza e con altrettanta calma iniziò con le labbra a salire. La caviglia, i polpacci, un po' di baci sulle tibie e le carezze iniziarono a scaldar le cosce.

Irene gemette un secondo nel dormiveglia e posò la schiena al materasso.

Le ginocchia baciate e i fianchi accarezzati.

Ora labbra e lingua erano quasi alla vita. Le mani sui seni. Qualche bacio furtivo alla pancia e... Irene divaricò le gambe e accolse Andrea nel suo fiore di matura passione.

E così l'alba si incendiò.

9

Marta era in viaggio. Aveva percorso molta strada mentre dormiva. Aprì gli occhi sentendo il treno rallentare, le pupille ferite dal fuoco che scalda la Terra e i pensieri ancora arruffati nei capelli.

Era arrivata a Torino. L'alba del giorno dopo era completamente diversa, più nitida e serena.

Diversamente strana. Squillò il telefonino e pensò subito ad Andrea. Era uno che aveva sbagliato numero; Andrea probabilmente, anzi quasi sicuramente, si trovava ancora con Irene. *Che bello!* pensò ad alta voce.

«Sì grazie. Però biglietto per favore!» disse il controllore.

«Ah sì scusi. Ecco.» Poi chiese: «Scusi, il treno per Biella a che binario lo trovo in stazione a Torino?».

«Binario diciassette. Là! Biglietto grazie» e il controllore sparì.

Ormai quasi arrivata squillò nuovamente il cellulare: «Pronto, ciao».

«Ciao Marta. Come stai?»

«Bene grazie e tu?»

«Molto, molto bene. Scusami tanto...»

«Tranquillo. So dov'eri e con chi. È tutto a posto?»

«Ma perché non mi hai mai detto nulla di Irene?»

«Perché doveva essere così Andrea. Vedi, certe situazioni sono già segnate nel nostro destino e vanno colte, vissute e custodite in noi, perché poi non si ripresenteranno mai più.»

«Grazie.»

«Ehi, io sono partita. Sono in viaggio. Se cade il segnale non ti preoccupare, ti ho lasciato una lettera nella buca. Leggila!»

«Vado subito. Lo sai cos'è successo stanotte?»

«No, cosa?»
«Io e Irene ci siamo amati.»
«Bravi ragazzi, e adesso lei dov'è?»
«Sotto la doccia, tra poco andrà via.»
«Questa è fede Andrea, lo sai?»
«Non capisco Marta.»
«Vedi, un significato di fede è la debita osservanza di una promessa o di un patto e viene anche rappresentata come una figura costituita da due mani strette insieme e allacciate. Le vostre anime hanno avuto fede ed è solo questa la verità, la rispondenza con la realtà affettiva. Vai a leggere la lettera e chiamami poi, ok?»
«Ok, a dopo Marta.»
«Ciao, ciao Andrea.»

In cucina ad aspettare il caffè che borbottando saliva dalla moka, Andrea aspettava pure che Irene finisse di prepararsi. Non voleva lasciarla da sola, non voleva farle provare il senso d'abbandono anche solo per quel banale, ma molto speciale, attimo di inizio giornata.

Aveva apparecchiato la tavola per una giusta e rifocillante colazione, con un tocco di poesia era uscito sul balcone per prendere un bocciolo di rosa da mettere lì in tavola, come a ringraziarla per avergli donato tanto amore.

Irene arrivò in cucina, la musica di sottofondo rendeva ancora più suggestivo quel momento di sublime armonia.
«Ho proprio voglia di un buon caffè» disse.
«Eccolo!»
«Fantastico Andrea. Ti voglio tanto bene.»
«Anch'io.»
I due teneri amanti si abbracciarono in un caloroso vortice di emozioni, si baciarono e poi seduti a mangiare Andrea iniziò a parlare: «Lo sai che Marta è partita?».
«No! E dov'è andata?»
«Non lo so, però mi ha detto che mi ha lasciato una lettera nella buca sotto.»

«Una lettera? Vai a prenderla, no?»
«Ok, non volevo lasciarti sola.»
«Grazie, ma ora cosa aspetti, vai.»
Andrea scese di corsa le scale, arrivò davanti alla buca, prese la busta e tornò in casa correndo.
«La leggiamo assieme?»
«Non lo so. Ha scritto a te...»
«Sì però... Io e te adesso siamo... Noi.»
«Hai ragione, ma certi momenti rimangono nostri personali, solo dopo decidiamo se condividerli o no.» Irene non cercava alibi per poter nascondere a sua volta qualcosa; cercava di proteggere Andrea, il quale voleva condividere con lei proprio perché non aveva nulla da nascondere.
«Senti,» disse Andrea «finiamo la colazione e poi andiamo sul divano. Io inizio a leggerla in silenzio e poi se ritengo giusto che anche tu la legga, te la leggo. Ok?»
«Ok.»
Era percorso da tante emozioni , forse troppe e la paura più grande era proprio quella di non riuscire a catalizzarle tutte; paura di non farcela da solo, per quello voleva Irene con sé.
Si spostarono dalla cucina alla sala. Andrea cambiò musica, dalle finestre aperte si intravedeva una magnifica giornata d'estate. Si misero abbracciati. Andrea accarezzò un momento i capelli di Irene, li respirò a fondo e la baciò delicatamente. Prese la busta, la aprì e, non reggendo l'emozione, a voce alta iniziò a leggere.

Caro Andrea,
oggi sarà un giorno indimenticabile per te. Complimenti per tutto l'impegno che hai dimostrato in questo duro periodo.
Mi piacerebbe starti vicino, però... Però è giusto che tu ora conosca la verità. Ma devi anche avere pazienza. Quando leggerai questa lettera io sarò già lontana, quindi non potremo parlare tanto perché dove andrò il telefonino sarà quasi irraggiungibile.

Come vedi c'è un'altra busta assieme alla lettera, dentro ci troverai i soldi e due biglietti per te e Irene. Segui le indicazioni e raggiungi questo piccolo eremo sopra il Lago d'Orta, lì inizierai a trovare delle risposte. Resta sereno, io sarò sempre con te e con voi.

Un abbraccio forte anche a Irene.

Ciao, Marta.

I due ragazzi non ci pensarono su troppo. Lei andò a casa a prendere il necessario, Andrea si fece la doccia, preparò lo zaino, chiuse casa e si ritrovò con Irene un'ora dopo alla stazione. Erano in viaggio verso nord.

10

Il treno viaggiava spedito, direzione Milano. Il cellulare di Marta continuava a essere irraggiungibile, ma Andrea non si scoraggiava e di tanto in tanto provava a telefonarle.

Nella lettera dove c'erano i soldi, i biglietti e le istruzioni, Marta era stata chiara: doveva andare a Monte San Giulio, sul Lago d'Orta, e cercare "il Paolino". Non poteva inviarle messaggi, ma soltanto chiamarla.

Il lungo viaggio in treno li aveva fatti arrivare a Omegna verso le otto di sera. I ragazzi trovarono un taxi e raggiunsero Monte San Giulio all'imbrunire. Andrea si sentiva un po' sperso e incuriosito, Irene era più sullo spaventato.

In effetti si trovavano in un posto sconosciuto e disperso, senza la possibilità di contattare Marta e con la paura di non trovare nessuno. Le poche case in pietra della piccola frazione erano tutte chiuse e senza un bagliore di vita. Era ormai buio quando il taxi ripartì, mentre i ragazzi si guardavano intorno...

«Andrea ma sei sicuro che sia qui?»

«Marta è stata chiara nella lettera.»

«Aspetta controlla, andiamo sotto quel lampione.»

«Ok!» Andrea rilesse le istruzioni: «Sì è proprio qui, proviamo a vedere se c'è qualche casa accesa dai». Fu così che girando nei vicoli piccoli, stretti e bui alla ricerca di qualcuno che nemmeno loro sapevano chi fosse, furono sorpresi alle spalle da una voce bassa e calda: «Andrea?».

«Sì, chi è?» chiesero i ragazzi spaventati.

La voce del buio si fece sagoma umana e chiese: «Perché sei qua?».

Andrea con finta calma rispose: «Marta mi ha detto che qui avrei trovato il Paolino. Sei tu?».

La voce del buio fatta sagoma si trasformò in volto e disse: «Sì. Venite con me».

Era un uomo sui quarant'anni, capelli un po' lunghi e brizzolati. Il viso sembrava sciupato da una vita di continui sforzi, aveva il fisico asciutto di chi suda e lavora con devozione la montagna. Abitava in una piccola casa in pietra ben organizzata e accogliente e pure lui, il Paolino, iniziava a essere molto ospitale.

«Entrate pure ragazzi. Com'è andato il viaggio? Sarete stanchi.»

«Un po' sì, è stato lungo.»

Il Paolino fece un leggero sospiro mettendo un pezzo di legna nel camino, poi riprese: «Vi stavo aspettando. Vi ho già preparato il letto. In bagno troverete tutto pronto per una bella rinfrescata. Andate pure di sopra, rilassatevi un po' e quando sarete pronti venite giù. Io inizio a cucinare. Cosa avete mangiato oggi, solo panini, vero?».

«Esatto!» risposero in coro i ragazzi.

«Allora dai!»

«Aspetta un attimo però!» esclamò Irene, che fino a quel momento sembrava una ragazza muta. «Perché ci dobbiamo fidare di te? Dopotutto non ti conosciamo e tu non conosci noi. Perché tutta questa ospitalità?»

«Irene vero?»

«Sì.»

«Ecco, Irene, io ho visto nascere Andrea, sono un vecchio amico dei suoi genitori. E poi siete arrivati a casa mia grazie a una pubblicità su Internet o grazie a Marta?»

«Grazie a Marta.»

«Bene allora» disse con tono rassicurante «non abbiate paura, qui siamo in *famiglia*.»

«Aspetta, tu conoscevi i miei genitori?»

«Con calma Andrea. Dai coraggio, andate a lavarvi se no qua non mangiamo più e io ho tanta fame.»

11

«Cosa dobbiamo fare, Andrea?»

«In che senso?»

«Non so!»

«Ehi coccinella, vieni qui.»

Irene e Andrea si trovavano lontano da casa; in due giorni la loro vita aveva avuto una continua accelerazione di emozioni positive e inaspettate dopo tanto oblio, era normale sentirsi un po' disorientati, strani.

«Vedi, Irene, io non so chi sia questo signore, potrebbe essere chiunque, ma hai sentito cos'ha detto? Mi ha visto nascere ed è amico dei miei.»

«Ho sentito» disse Irene quasi sottovoce.

«È la prima volta che sento parlare dei miei genitori da qualcuno diverso da te e Marta. È la prima volta che io riesco a farlo un po' a cuor leggero, e questo anche grazie a te. Sto iniziando a pensare che Marta voglia farmi conoscere qualcosa, un mondo nuovo per me, del quale ignoro ogni esistenza. Riesco a spiegarmi Irene, sento che per me è importante quanto tu sei importante per me. Due giorni sono passati dalla fine della scuola e voglio lasciarmi andare a questo vortice di emozioni. Ho voglia di viverle tutte e vedere dove andremo a finire. Vedere, sentire, respirare, ascoltare e toccare una nuova vita. Dopotutto i miei genitori mi hanno sempre insegnato a vivere, non a morire. Io scendo, ti aspetto sotto.»

Irene rimase senza parole. Era commossa nel vedere il suo amore così vivo, e Dio quanto le piaceva sentirlo così.

Se tutti questi strani incontri del destino devono avvenire, allora che avvengano pure, pensò.

Si baciarono con tanta passione e si salutarono. Andrea scese sotto, da dove provenivano buoni profumi di succulenti piatti caldi, e Irene lo raggiunse dopo poco.

12

Una raffica di messaggi iniziarono a far squillare il telefonino di Marta mentre stava facendo il suo esercizio di silenzio. Si era abituata così in fretta al fatto che la ricezione del segnale fosse più assente che presente, che si era scordata il cellulare acceso. Dovette così interrompere il suo esercizio.

Lesse tutti i messaggi, per lo più chiamate di Andrea, ma la sua attenzione si concentrò sul messaggio di un numero privato che diceva: *Ciao. Gioia e serenità. Un abbraccio, Paolino.*

Era così, ormai era diventato il loro linguaggio anche al di fuori del lavoro. Avevano assimilato così tanto tutto quel mondo fatto di segreti e bugie, di codici e nascondigli che ormai era una mania, una paranoia o semplicemente la loro vita.

Marta e il Paolino fecero la loro conoscenza quando avevano circa vent'anni. Erano due ragazzi molto curiosi, affamati di verità. Era forse un giorno d'autunno in biblioteca, si ritrovarono a chiedere lo stesso giornale di alcuni anni prima per studiare lo stesso articolo di un'inchiesta sulla Strage di Bologna. Pura casualità. Pura vita.

Marta leggendo quel messaggio tornò un attimo a quell'incontro in biblioteca e fece un piccolo sorriso, spense il telefonino e con la pace nel cuore tornò al suo esercizio del silenzio.

13

Oh come stavano mangiando di gusto.

«Sei proprio un bravo cuoco» disse Andrea.

«Dici? O è la fame che parla?»

«Boh! Forse sarà anche la fame, ma è proprio buono» rispose Irene. Poi Andrea domandò: «Come si chiama questo piatto?».

Il Paolino rispose con la bocca piena: «A On Ito».

«Come??» chiesero i ragazzi.

Il Paolino fece cenno di aspettare un attimo e mandando giù il boccone: «San Vito».

«Ahh... Ce n'è ancora?»

«Ecco, serviti pure, e tu, Irene?»

«Sì, sì grazie.»

La cena scivolò via liscia ma Andrea, anche se con la pancia piena, era ancora affamato e di certo non sarebbe bastato il dolce a togliergli quella fame di curiosità.

«Non spaventatevi, io spengo la luce e voi guardate fuori» annunciò il Paolino. I ragazzi non capirono ma si voltarono verso la finestra che guardava sul prato e l'infinito e si sentirono come su una stella a vedere l'universo sotto, davanti e intorno a loro. Uscirono dalla casa e si trovarono inondati da così tante lucciole che si sentirono subito bambini emozionati. Iniziarono però i primi sbadigli; il Paolino sorrise, era felice, emozionato pure lui, rude uomo di montagna, e appoggiato alla sua porta d'entrata disse: «Ragazzi penso sia ora di andare a dormire».

Andrea ebbe un sussulto: «No aspetta! Io voglio sapere! Hai detto che sei amico dei miei genitori, ma sai cos'è capitato?».

«Sì Andrea. Ma non avere fretta, domani ti racconterò una bella storia, e poi io sono stanco. Buonanotte.»

«Dai Andre, ha ragione, io non ce la faccio più a stare in piedi. Andiamo a dormire.»

«Ok, andiamo.» Però Andrea aveva un fuoco dentro che non riusciva a spegnere neanche la stanchezza. Allora, saliti in camera e coricati sul letto, aspettò che la sua dolce ragazza si addormentasse e poi tirò fuori dallo zaino il suo quaderno e scrisse:

Come un'ombra
Si aggira nel mio destino,
sarà il Fato? La curiosità?
Mi percuote.
Possa il tempo perso
Tornare
A cavalcare questi giorni.

Andrea

Posò il quaderno, spense la luce, baciò Irene e la abbracciò. Dormirono e sognarono così sereni che solo all'alba di mezzogiorno si svegliarono.

14

Il giorno seguente per Marta fu un altro semplice giorno d'attesa. Lei fondamentalmente si sentiva tranquilla, dal momento che non aveva mai perso occasione per essergli vicino. Certo, l'inizio non era stato dei più idilliaci: aveva fatto subito una scelta, che ne avrebbe immediatamente innescate altre, semplici conseguenze. Però con Marta, all'epoca delle scelte, c'era Umberto.

Umberto, carissimo amico del Paolino.

Eh sì, era stato proprio lui a farli conoscere, e tra loro fu subito amore.

Ora il sole splendeva alto nel cielo azzurro, dove volteggiavano liberi un'aquila e un parapendio; Marta se ne stava distesa tra l'erba ad aspettare.

15

I grilli e le cicale cantavano fuori dalla casa del Paolino, il sole cercava di giocare a nascondino con le pochissime nuvole ma faticava, un po' come l'aria a rinfrescare quel mezzogiorno di fuoco su quei pendii scoscesi. Andrea stava lì, in piedi, guardando l'infinito dentro se stesso e il vuoto davanti. Cercava di mettere assieme i pezzi, ma la sua esperienza mista all'adrenalina di tutte le emozioni vissute, gli procuravano solo confusione.

«Ciao dolce, soave e accattivante Irene.»

«Ciao bellissimo amore mio.»

E con un bacio si diedero il buongiorno.

16

Lentamente, quasi con paura, forse non si fidava, forse... Forse non era il caso. Forse doveva e basta. Eh sì! Sarebbe stata meglio dopo. Ne era convinta.

Si tranquillizzò più che poté, prese a respirare con calma e con la memoria iniziò a percorrere in retromarcia tutti i suoi giorni.

A ogni incrocio di vita però il respiro si faceva più rapido, il sangue più veloce, il cuore sempre più in gola, le emozioni sempre più sensazioni, fino a quando non resistette più e fu allora, in quel lontano angolo di paradiso, dispersa nelle Alpi, in mezzo a mille steli d'erba che Marta pianse Umberto per la prima e vera volta.

Dal giorno della tragedia si era fatta sasso e aveva chiuso i rapporti con la sua vita passata, con il lavoro e le emozioni. Fino a quel giorno, che lei chiamò "il giorno della goccia".

In un attimo, come può accadere in montagna, il cielo si oscurò; in poco tempo tutto si fece cupo e dall'alto delle nuvole Umberto si mise a piangere con lei. Fu un breve temporale. Poi tornò il sereno. Marta colse così quel momento e lo visse a pieno.

Passato il temporale tutto si calmò.

Marta si asciugò le lacrime, prese il telefono e chiamò Andrea.

«Pronto Marta, ciao, come stai?»

«Ehi Andrea. Ciao. Quanta foga! Sto bene grazie, e tu? Voi?»

«Sì, sì. Ma perché...»

«Ascoltami caro, dove siete ora?»

«Siamo ospiti dal Paolino come ci hai detto di fare, ma chi è? Ha detto che mi ha visto nascere, che è amico dei miei, sapeva dell'incidente, ma è così misterioso. Come ora che non c'è! Ieri sera mi ha detto che oggi mi avrebbe raccontato una bella storia, ma è sparito.»

Le parole di Marta in quel momento riuscivano a fatica a calmare l'ansia e l'agitazione di Andrea, costituendo un limite al suo desiderio di verità, che rischiava di portarlo lontano dalla fede e dalla verità dei fatti.

«Tranquillo» rispose Marta «se lo conosco bene sarà nel bosco, aspettalo, vedrai che tornerà.»

«Sì ma chi è?»

«È un buono dentro. Dio quanto ho voglia di abbracciarti. E Irene?»

«È qui, vuoi salutarla?»

«Sì passamela per favore.»

Andrea allungò il cellulare a Irene, la quale con un po' d'emozione rispose: «Pronto Marta?».

«Ciao Irene, come stai?»

«Come sto? Un po' incasinata e un po' tanto felice. Vedi, faccio fatica a parlare.»

«Tranquilla cara. Presto ci vedremo. Solo una cosa.»

«Cosa?»

«Stai vicina ad Andrea. Ora ha bisogno di te.»

«Sì, ma anch'io ho bisogno di lui.»

«Ovvio. Senti mi passi Andrea, che tra poco devo andare, così lo saluto.»

«Ok, ciao Marta.»

«Ciao Irene, mi raccomando vicini, ciao.»

«Andre... Tieni.»

«Sì, pronto?»

«Andrea? Oggi sono riuscita a piangere.»

«Brava. Ma cos'è che vuoi farmi conoscere con questo viaggio qua sul lago?»

«La verità.»

«La verità di cosa?»

«La tua verità. Comunque se desideri arrivare in fondo a questo viaggio non avere fretta e ascolta bene quello che ti racconterà il Paolino. È fondamentale saper ascoltare, per poter conoscere.»

«Marta io...»

«Tu cosa?»

«Non lo so. Sono senza parole e in totale confusione.»

«Tu respira profondamente. Goditi il posto e quando il Paolino deciderà di raccontarti la storia, ascoltalo con appassionata attenzione. Ok?»

«Ok per...»

«Scusa, Andrea, ma ora ti devo salutare. Un bacione.»

«Sì ma...»

«Ciao. Saluta il Paolino per me. Ciao.»

«Ciao Marta.»

Era circa mezzogiorno e allora decise di fermarsi un attimo a prender fiato, mangiare un panino e così facendo iniziò a pensare alle parole da dire ad Andrea.

In cuor suo il Paolino sentiva un po' d'agitazione, di scombussolamento.

Lui quasi asceta, quasi eremita, giusto fuggitivo di quella società senza più regole. Solitario uomo dal cuore caldo; nato con un senso paterno profondo, sapeva che Marta aveva ragione, che bisognava prendere Andrea con calma e iniziare a raccontargli tutto, ma dal principio.

Ma per farlo c'era bisogno di prepararlo.

Frenetico giovane ragazzo di città che scoppiava dalla voglia di vivere, una scatenata curiosità si era insinuata in lui, una raffica di emozioni lo spingevano in quel percorso di vita che lo avrebbe fatto diventare uomo. Aveva voglia di sapere , voglia di conoscere, di vivere.

Finito il panino il Paolino tirò fuori da un fresco mucchio d'erba una bottiglia di birra, posò tutti quei pensieri e si concentrò di nuovo sul lavoro.

«Ancora un paio d'ore e poi torno giù» disse a voce alta.

17

Una leggera brezza si era alzata dal lago per infilarsi nei pensieri di Andrea e nei capelli di Irene.

«Tu cosa ne pensi?»

«Fidati di Marta, io l'ho fatto e ora sono felicissima di essere qua con te.»

«Ma...»

«Ma niente! Sai cos'ha detto a me?»

«No.»

«Vicini. Dobbiamo restare vicini.»

Andrea abbracciò Irene e stettero sotto il noce a godersi quell'istante di paradiso fino a che lei non si alzò e, allungando le braccia verso di lui, gli disse: «Vieni. Ho voglia. Ho voglia di te».

Verso il primo pomeriggio il Paolino tornò a casa e chiamò i ragazzi: «Andrea? Irene?».

I due, teneri amanti, furono sorpresi dall'arrivo del Paolino e furtivamente sottovoce dissero: «No e adesso?!».

«Aspetta!»

«Ora mi vesto!»

Stum!

«Ahia! Che botta!»

«Andrea?»

«Tranquilla.»

E poi ad alta voce in coro: «Ciao, scendiamo subito».

Sentendo rumori nevrotici e furtivi, tipici di chi è stato colto in flagrante, il Paolino sorrise e andò fuori casa a fumarsi una sigaretta, in attesa.

«Allora, vi piace questo posto?»

«Sì, è molto tranquillo» rispose Andrea e Irene aggiunse: «Ma non ti senti solo?».

«Se tu conoscessi la mia vita capiresti subito.»

«E qual è la tua vita?»

«Sei curiosa ragazza eh?!»

«Ma perché tutto questo mistero? Perché Marta mi ha lasciato questa lettera, perché vuole che noi ci conosciamo? Perché devo imparare ad ascoltare te? Perché?»

«Non essere troppo precipitoso.»

«No, scusa!»

«Ascolta il silenzio,» il Paolino, con fermezza, fissò Andrea negli occhi «tu non lo conosci. Hai passato mesi quasi isolato nei tuoi pensieri. Avevi pure allontanato questa splendida fanciulla, ma il silenzio che avevi dentro era solo un vuoto lasciato da chi è volato via troppo presto per spiegarti il silenzioso passato che ora, qui, tra me e te è presente e domani fra te e Marta sarà futuro.»

«Scusa ma non ti seguo.»

«E invece sì. Tu sei più dentro alla tua vita di quanto credi, e tu Irene sei la fata che accompagna, sei la guaritrice che cura, sei la musa ispiratrice e questo ora è presente. Il passato tu non lo conosci ancora ragazzo. Io sono qui per questo; ti racconterò il passato.»

«Perché racconterò? Racconta!» esclamò Andrea.

«Vedi,» continuò il Paolino «devi prima cercare la fede, saper ascoltare. Devi trovare fede con la tua anima. Penso che in questi pochi giorni hai già vissuto fin troppe emozioni. Incomincia a canalizzare tutto quello che hai affrontato fino a oggi nel tuo cuore e nella tua anima. Trova il coraggio di accettare chi sei, cos'hai provato e non aver paura di incontrare il tuo domani. Impara a non aver paura del silenzio. Cattura le emozioni per liberarle ripulite dalla vergogna, prendi la vergogna e allontanala da te. Non vergognarti e non provar vergogna per chi è attorno a te, al massimo compassione. Cerca sempre di capire prima di giudicare.»

Andrea e Irene erano senza parole. Erano entrati nel silenzio e ci stavano bene.

Il Paolino si alzò per andare a fare il caffè. Uscì con tre tazze. Rimasero lì un po', più nessuno parlava. C'era solo il silenzio a far sentire la sua voce.

Vi sono momenti nella vita, in cui si vivono emozioni, sensazioni, attimi di sconforto perché non si riesce a comprendere gli eventi, pare che qualcuno ci guidi, e non si trova il coraggio per evitarli o per cercare di capirli. Volenti o nolenti arrivano, a te non resta altro da fare che viverli.

18

Torino. Stazione di Porta Susa, sei del pomeriggio.

È finita. Basta. Finalmente in ferie. Ora me ne vado in montagna a scrivere canzoni e addio città.

Così il controllore pensò dopo aver finito il suo lavoro. Lì in stazione si era già preparato i bagagli; bagagli per modo di dire, uno zaino e una chitarra.

Direzione Biella - Oropa - La Trappa.

19

Marta stava bene in quell'ex convento. Così semplice e austero. Arrivando dalla strada lo vedi all'improvviso. Così lineare e imponente. La domanda più ricorrente che ti fai è quanta fatica sia occorsa per costruire quell'oasi di pace dispersa tra le montagne, fuori da ogni via di importante comunicazione ma con un senso di appartenenza all'essere nostro interiore così forte e massiccio come lo è la struttura stessa dell'edificio.

È un equilibrio fra tutto, e tutto è lì pronto ad accoglierti e proteggerti dalle mille fatiche di una vita, fatta anche di bugie, che può portarti a essere debole, impaurita e infelice.

Marta si sentiva così,la sua corazza stava cedendo.

Lì, seduta al tavolo fuori dalla foresteria, Marta si guardava dentro e si chiedeva come avrebbe reagito Andrea. Se fosse giusto.

Ma era giusto che lui avesse perso il padre?

«Andrea, ti voglio bene» disse Marta ad alta voce.

Il silenzio di Andrea fu interrotto da un leggero ma continuo sibilo all'orecchio e quasi di scatto disse: «Marta!».

Irene lo guardò perplessa: «Marta cosa?».

«Magari mi stava pensando, avevo l'orecchio che... Ma lascia stare. Paolino?»

«Sì?»

«Sono pronto.»

«Bene! Venite.»

Si sedettero tutti e tre al tavolo di pietra sotto il pergolato di glicine, con la tavola imbandita di prodotti locali e del pane fatto in casa dal Paolino, il quale iniziò a raccontare.

«Molti anni fa i tuoi nonni...»

«I miei nonni?» lo interruppe Andrea e il Paolino subito: «Ascolta».

E lui: «Ah sì! Scusa, ma i nonni non li ho conosciuti».

Il Paolino riprese: «Dunque, molti anni fa i tuoi nonni per motivi di lavoro viaggiavano tanto, erano rappresentanti per conto di una ditta di infissi e giravano tutta l'Italia. Si volevano molto bene e più di loro volevano molto bene a tua mamma».

«Mamma?!»

«Capitava sovente che organizzassero i viaggi di lavoro per stare via il meno possibile, anche se a volte si trattava di due settimane. E fu così che i tuoi nonni stavano per tornare a Firenze, gli mancava poco per finire il lavoro, anche perché era quasi periodo di ferie, era il 2 agosto 1980 e si trovavano nella sala d'aspetto della stazione di Bologna. Alle 10:25 del mattino non arrivò nessun treno, ma una valigetta abbandonata lì nella calca della sala d'aspetto fece solo arrivare lacrime e paura. Un boato terrificante spense ogni sorriso e cambiò la vita di tante, troppe persone innocenti. Per tua madre, come puoi immaginare, o capire, fu uno shock terribile, ma subito fece vedere sprazzi di quel carattere forte e tenace che la caratterizzava. Fu per quel motivo che poi ci conoscemmo. Prendete pure da mangiare intanto ragazzi.

«Avevamo più o meno tutti vent'anni e ci trovavamo a Milano. Ognuno di noi tre aveva avuto il proprio percorso ma con egual risultato, eravamo riusciti tutti e tre a entrare nell'accademia di polizia. Era il primo passo per entrare a far parte dell'antiterrorismo.»

«COSA?» disse Andrea.

«Allungami l'accendino per favore Irene.»

«Tieni.»

«Grazie.»

I ragazzi erano rapiti e stupiti dal racconto del Paolino, ma erano curiosi e lasciarono che il loro nuovo amico andasse avanti.

«Eh sì! Tua madre era seduta in un bar fuori dall'accademia, io l'avevo notata già durante gli esami e mi aveva colpito il suo sguardo deciso di chi sa cosa vuole. Allora andai a chiamare tuo padre per venire con me a conoscere quella bellissima ragazza. Ero un po' timido io con le ragazze ai tempi e così la mia stessa timidezza mi ha fregato. Arrivati da lei, i tuoi futuri genitori si guardarono come vi guardate voi ora, così pieni d'amore, quegli occhi che mi emozionano ancora adesso... Comunque così fu. Tua madre voleva, in cuor suo, vendicare i suoi genitori e così entrò a far parte dei Nuclei Operativi Antiterrorismo, io e tuo padre giocavamo sin da piccini a guardie e ladri e così ci conoscemmo. Da allora non ci siamo mai separati, un'amicizia che dura ancora oggi.»

«Scusa, ma quindi voi eravate agenti speciali?» chiese Andrea.

«Sì! Eravamo agenti speciali e quando arrivasti tu ci trovavamo al primo anno di servizio.»

«Io?» ripeté Andrea quasi sottovoce stringendosi a Irene.

«In quelle circostanze tua madre assieme a tuo padre, dovettero prendere una decisione.»

«Beh! Non fu certo l'aborto se oggi siamo qui!» esclamò Irene.

«No, no di certo» continuò il Paolino. «Presero una decisione che con il tempo si rilevò essere quella più giusta. I tuoi genitori conoscevano un'altra coppia, amicissimi d'infanzia di tua madre, i quali ti avrebbero aiutato a crescere quando mamma e papà sarebbero stati via per lavoro, e capitava spesso. Qualche giorno io e te lo abbiamo trascorso assieme pure qui, e guarda che per vivere tutti quei cambiamenti di persone eri già bravo.»

«Tu... Tu mi hai tenuto con te, e dove?»

«Qua! Nella casa nel bosco.»

«La casa nel bosco?»

«Sì. Oggi ero là. Era tanto tempo che non ci andavo più, ma quando Marta mi ha scritto per dirmi che sareste arrivati, sono tornato su per metterla a posto per voi.»

«Per noi? Ma io cosa c'entro in tutto questo? Cioè, io sono fuori dalla famiglia. Sono solo Irene.»

«Tu sei il futuro. Da quello che mi ha raccontato Marta voi siete due anime gemelle che si sono cercate, trovate, aspettate e poi unite. Questa è magia. Voi siete nuova vita che avanza, pura linfa. Siete un'unica entità. Siete amore.»

«Possiamo andare nella casa nel bosco?» tuonò Andrea.

«Certo, ma non ti aspettare di trovare ricordi d'infanzia o foto dei tuoi. Anni fa sono entrati dei vandali che non hanno avuto rispetto di nulla e poi, foto dei tuoi per motivi di lavoro, di sicurezza, non ce n'è.»

«Ma io a casa sono circondato di fotografie con i miei genitori.»

In quel momento il Paolino decise che per oggi raccontare il passato poteva esser sufficiente. I nonni, la Strage di Bologna, l'antiterrorismo e la casa nel bosco. Aveva ascoltato con pazienza già abbastanza ed era stato bravo nel farlo. Per ora andava bene così.

«Aspetta!» esordì Andrea. «Mi lasci così?!?»

«Così come?» chiese il Paolino, che continuò: «Sto solo andando in bagno e a prendere una maglia che inizio a sentire un po' di fresco. Voi no?».

Irene subito colse la palla al balzo e alzandosi di corsa, ridendo, lo fregò sul tempo.

Il Paolino si fermò un attimo in casa a preparare il caffè, Andrea rimase a osservare il tramonto bevendo vino, mangiando formaggio e ascoltando il suo cuore. Qualcosa non gli tornava.

Si alzò in piedi e andò tre castagni più lontano a far due passi. Dopo qualche minuto si ritrovarono tutti e tre al tavolo col caffè bollente nelle tazze e tutti con la felpa addosso.

Andrea disse:«Ora posso chiederti una cosa, Paolino?».

«Dimmi.»

«Ma se non esistono foto dei miei con me, tutte le foto che ho a casa?»

«Sono belle foto di te con Alessandro e Camilla. Erano bravi ragazzi. Una coppia fuori dal coro. Sono stati due bravi genitori. Sono stati due ottimi amici.»

«Ah...Ok! Mi stava per passare in testa il pensiero che loro non fossero i miei veri genitori.»

«Ehhh... Andrea!» il Paolino, con sguardo ammiccante a nuova verità, si nascose dietro la tazza del caffè.

«Ma quindi vuoi dire che i genitori di Andre non sono i genitori di Andre?!» esclamò Irene.

«I miei genitori cosa??? No, adesso me lo dici chiaro e tondo, i miei genitori sono ancora vivi?»

«State calmi ragazzi.»

«CALMI!!!» urlò Andrea. «Sono qui non so dove, con te che non so chi sei. Ho avuto un anno eterno, in cui ho perso i genitori, dove con estrema fatica mi sono diplomato. Appena il tempo di capire cosa son riuscito a fare e Marta mi fa arrivare qua dicendo di ascoltare uno che riesce a dire che i miei non sono morti ma non sono i miei... I miei...»

Preso dalla foga, dalla tensione e un po' dal vino, Andrea scoppiò a piangere.

Irene era lì con lui, lo stringeva a sé, continuava a pensare alle parole di Marta di stare vicini e così fece.

Il Paolino aspettò un attimo che Andrea si sfogasse e poi con voce dura disse: «OK! Alessandro e Camilla non erano i tuoi veri genitori come dici tu, però ti hanno cresciuto come se fossi loro figlio e questo non lo puoi negare e poi la tua vera madre come sottolinei sempre tu, non ti ha mai abbandonato del tutto, è sempre stata vicina a te, soprattutto in questi mesi, perché tua madre è Marta!».

Il Paolino si alzò e prese a camminare verso il bosco e dentro al buio.

Andrea e Irene rimasero senza parole seduti al tavolo.

Nessuno dei due parlava, il silenzio era tornato a farsi sentire.

Aspettarono il Paolino per un bel po', ma lui non fece ritorno.

Allora Irene con molta dolcezza prese Andrea e insieme andarono a dormire.

Non era il caso di dire altro quella sera. Diede un caldo sottile bacio sulla fronte di Andrea e lo abbracciò.

Lui aveva già gli occhi chiusi ma non stava dormendo; con il dolce abbraccio di Irene capì che nonostante tutto non era da solo e non era il solo a soffrire.

Così riposò la mente e si addormentò con lei.

20

Non era distante. Era solo lì, qualche castagno più in là, nascosto nel buio il Paolino.

Aspettò che i ragazzi andassero a dormire e poi si incamminò giù verso il lago.

Aveva camminato parecchio per raggiungere quello specchio d'acqua dalle tranquille rive ma, nonostante tutto quel camminare, non era riuscito a sfogare la tensione accumulata. Allora prese il telefono e chiamò Marta.

«Pronto?» rispose la donna dei tanti segreti con voce assonnata.

Dall'altra parte, con tanta foga, energia e rabbia il Paolino inveì: «Pronto un cazzo!».

Marta si svegliò di scatto come succedeva al lavoro, ma neanche il tempo di reagire che quello iniziò con il suo monologo in crescendo di frustrazione: «Perché? Perché io Marta? Hai idea di quanto sia complicato spiegare la nostra vita a due diciottenni con gli ormoni a mille, che gli distruggi quelle poche certezze che avevano e gliele sostituisci con bugie che sono verità e verità che sono bugie, capisci che casino? Insomma! Adesso però me lo devi spiegare perché hai voluto che io dicessi a tuo figlio che tu sei la sua vera madre, come dice lui. Perché io? Cosa c'entro! Sono solo un amico che è rimasto senza nessuno a parte te, che sei la ragazza che amavo e che amo, ma non ho mai potuto viverti perché tu hai scelto Umberto e non me. Perché è toccato a me?!» concluse, urlando, con l'ultimo fiato rimasto.

Marta, con un filo di voce, fede, verità e una lacrima, sussurrò al Paolino: «Perché tu sei il padre di Andrea».

Il gelo prese il posto del silenzio e furono lacrime.

Ecco spiegate molte faccende.

Quello stare in armonia nella casa nel bosco, quella complicità fanciullesca che avevano sempre avuto, condiviso.

Ecco spiegati in un attimo risate, abbracci e complicità.

Quanta complicità.

Fatta di sguardi, di movimenti e di sentimenti.

Perché nel più profondo dell'anima, il loro sangue, il loro io, il loro cuore hanno uguali radici, stesso fusto e soprattutto stessa linfa.

Sì! Marta e il Paolino sono sempre stati due semplici, e sempre lo saranno.

Semplicemente due anime pure, con valori straordinari tramandati da padre e madre in figlio e figlia.

Da questo sapere secolare trasmesso con sempre più difficoltà da una generazione all'altra, in contesti e ambiti diversi sono nate, cresciute ed educate due persone d'immenso valore umano che hanno saputo cogliere i loro frutti e seminarli per dare vita alla loro più straordinaria creazione, la loro pura linfa: Andrea.

«Marta ma la tua vita non è il tuo lavoro. Abbiamo sempre cercato di distinguere il lavoro da tutto il resto. Da noi.»

«Vedi Paolo anche l'incidente di Umberto non è stato una casualità.»

«Cosa stai dicendo?»

«Umberto aveva ragione, ma ora non posso spiegarti. Però ora qui nel silenzio della notte, anche se non di persona lascia che ti dica questo.»

«Cosa?»

«Che ho vissuto fino poco tempo fa tutta la mia vita con quello che desideravo, con quello che le mie fantasie mi facevano credere che fosse giusto. Confondevo i veri sentimenti con gli stessi ma velati di falsità e bugie. Ho capito solo poi, dopo aver vissuto tutto questo, che quello che serviva veramente a me per vivere bene, felice e serena, era vivere con ciò di cui avevo bisogno, e io ho bisogno di te Paolo. Scusa se ho impiegato così tanto tempo per capire.»

«Marta...»

«Paolo...»

«Ti amo.»

«Ti amo, Paolo.»

«Allora aspettaci. Domani saremo lì.»

«Da qua non mi muovo.»

«Ciao Marta, buonanotte.»

«Ciao Paolo, notte.»

Ormai era notte fonda ma lui aveva sempre mille risorse dalle quali attingere. Si incamminò e fece ritorno a casa. I ragazzi dormivano; facendo molta attenzione passò il resto della notte a riordinare e a prender tutto l'occorrente per il viaggio, riuscì pure a fare una scappata nella casa nel bosco per controllare che tutto fosse a posto.

Aveva un'agitazione dentro, era carico d'adrenalina, non riusciva a star fermo. Aveva bisogno di chiarimenti, tranquillità e un abbraccio. Ma non riusciva lì, come poteva fare?

Come poteva guardare in faccia Andrea e dirgli che era suo figlio dopo diciotto anni nei quali neppure lui ne era a conoscenza.

«Perché tutto questo casino Marta?»

Non riusciva proprio a darsi pace.

L'unica decisione che aveva preso fu quella di partire la mattina seguente con Andrea e Irene per raggiungere Marta e si immaginò che Andrea sarebbe corso da Marta, sua madre.

Ma il suo pensiero era inchiodato a quella prima volta che la vide ragazza.

21

Fu breve, molto breve il sonno di Andrea. Troppi pensieri e troppe verità. Continuava a vedere i volti di Alessandro, Camilla e non solo. Tutti i momenti vissuti assieme, tutte le emozioni di una tranquilla famiglia, i consigli e anche i litigi, ma tutto era rapportato a un dialogo tra mamma, papà e figlio.

Tutto falso!

Ma come poteva essere falso ciò che si presentava come una evidente realtà?

No! Proprio non ci riusciva a star tranquillo. Irene invece era lì, ogni tanto si muoveva ma nulla più.

«Chissà cosa sogni, dolcezza» sospirò Andrea alla sua dolce metà.

Anche lei era una novità. Stava cambiando tutto in quei pochi giorni, troppo in fretta. *Che anno di merda* pensò. Una tensione unica, continua e sempre più pressante e stressante. Basta! Voleva aria.

Stava per alzarsi quando sentì dei rumori provenire da sotto. Pensò subito di scendere in cucina e saltar addosso al Paolino per gridargli in faccia a muso duro tutto lo schifo che si sentiva dentro l'anima.

Ma non reagì d'istinto. Pensò un secondo di più e aspettò, forse stava iniziando ad ascoltare.

I piccoli e leggeri rumori cessarono, così scese di sotto, ma non vide più nessuno in cucina.

Senza pensarci su troppo prese un biglietto e scrisse a Irene. Salì di sfuggita in bagno dove posò il foglietto accanto allo specchio, la baciò per salutarla e se ne andò.

Ora, veramente, era in viaggio.
In viaggio verso se stesso.

Irene si svegliò verso le otto. Lentamente iniziò a stirarsi; guardandosi intorno non vide Andrea ma non si preoccupò, pensò che fosse già sceso per far colazione come il giorno prima.

Si alzò e guardò fuori dalla finestra, il sole iniziava a ruggire caldo. Uno sbadiglio, una stiracchiata alle ossa e due passi verso il bagno. Puntò il lavandino, aprì l'acqua e ci tuffò dentro il viso, poi alzò la testa.

Sono partito per cercarmi. Ho bisogno d'aria. Devo trovare risposte dentro me. Scusa. Ciao, Andre.

Irene si bloccò lì davanti a quel biglietto senza parole.

Capiva che per Andrea non erano momenti facili ma... No, non si fa così.

Dalla cucina giunsero dei rumori, lei scese le scale di corsa con il biglietto stretto in mano.

«Paolo!»

«Cosa succede? Che faccia.»

Allungò il foglietto al Paolino e si sedette con la testa china tra le braccia, quasi disperata, come se fosse stata abbandonata.

Lui lesse il biglietto e nel momento stesso in cui stava per consolarla, la stessa iniziò: «Cosa crede? Che facendo così, comportandosi come un codardo, le cose si sistemino? Che senso ha?». Alzò la testa e guardando il Paolino fisso negli occhi, continuò: «Tu probabilmente non lo sai, ma io ho vissuto tutto questo calvario con lui anche se non mi voleva vicina. Ho parlato con Marta tutti questi mesi e so, conosco e rispetto tutti voi, tutta la vostra storia. Le vostre verità e le vostre bugie le conosco tutte. Non potete raccontare bugie a me! Penso che Marta ormai te l'abbia già detto che tu sei suo padre».

«Sì!»

«E QUINDI? Che cosa fai qui? Niente? Cos'hai fatto in questi giorni? Ieri sera te ne sei andato via così e ci hai lasciato soli. Tuo figlio cos'ha fatto? Lo stesso!»

«Ma...»

«Ma niente, cazzo! È un ragazzo che vuole solo tranquillità e serenità, e tu? Non volevi lo stesso? Amavi troppo Marta, ma non potevi amarla liberamente per via del fatto che non ti volevi legare, volevi solo divertirti e così lei tra i due ha dovuto fare una scelta, una scelta dettata dal fatto che Umberto le offriva un futuro, una famiglia, mentre tu eri un lupo solitario. Tu saresti stato solo una storia da due settimane o qualcosa di più, ma non una vita. Adesso non parli più eh?! Io sono stata zitta fino a qui, ma lascia che ti dica che hai solo una cosa da fare. Accettare e cercare. Trova Andrea subito, perché io lo amo e non voglio perderlo.»

Tra rabbia e lacrime Irene continuò: «Hai visto? Non volevi una vita ma ora la vita è arrivata da te. Svegliati maschio, apri gli occhi. Fuori c'è un ragazzo che ha bisogno di te, ora più che mai. Vai, corri da tuo figlio, ti aspetta».

22

Il Paolino si sedette.

Guardò fisso negli occhi Irene e le disse: «Tu hai diciott'anni, ragioni da ragazza. Ora posso iniziare a capire le ragioni di Marta, però, vedi, quello che non sai, e penso che neanche Marta conosca, è una storia successa molti anni fa».

«Quale?» chiese incuriosita, singhiozzando le ultime lacrime.

«Avevamo circa quindici anni io e Umberto. Era il momento in cui si iniziava a diventar grandi. Nonostante tutte le avventure e l'affetto che ci univa sin da piccini, ci fu un periodo durante il quale la nostra amicizia si interruppe.»

«Come mai?»

«Per via di una ragazzina. Sara. Sara piaceva tanto a Umberto, ma poi arrivai io che in un istante gliela rubai.»

«Per questo? Solo per una ragazzina?»

«No. Sara non era una ragazzina qualunque. Per Umberto è stato a lungo un amore così vicino ma sempre irraggiungibile. Fu Sara che iniziò a stuzzicarlo, poi quando lui si decise finalmente, lei incominciò a fare la preziosa e a non concedersi. Era un tira e molla continuo tra loro, andò avanti anni, finché un giorno di primavera io rubai a Umberto il suo sogno. Ci fu una piccola storiella tra me e Sara, quanto bastò per litigare in modo doloroso e inopportuno con Umberto, tanto da arrivare a rompere la nostra amicizia. La nostra vita non era più la stessa e ci mancavamo a vicenda così tanto che alla fine trovammo il modo per riappacificarci e dimenticare Sara. Da quel giorno ci promettemmo che mai ci sarebbe stato qualcuno capace di separarci.»

«Quindi Marta non l'hai amata per rispetto verso Umberto?»

«Esatto!»

«Ma perché non vi siete parlati, spiegati? E vi chiamate amici?»

«Irene! A volte ti ci devi trovare nelle situazioni, poi forse puoi giudicare!»

«Ok, ma intanto Andrea se ne è andato e tu sei sempre qui!»

«Tranquilla. Andrea è nella casa nel bosco e sta dormendo.»

«Ma come?»

«Questa notte mi ha seguito, allora mi sono lasciato pedinare e l'ho condotto lì, intanto voleva andarci. Dai, andiamo da lui.»

23

«Ahi!» bisbigliò sottovoce scivolando su una pietra. «Come fa a camminare così veloce al buio, e dove starà andando?»

Nell'istante in cui Andrea se lo chiese vide l'ombra del Paolino librarsi fuori dalle piante e, dietro una leggera collinetta, scivolando sull'erba, introdursi in quel sogno, illusione, speranza o spirito che era la casa nel bosco.

Si ritirò dietro un ceppo di betulle ad aspettare che il Paolino andasse via, era deciso ad attendere tutto il tempo necessario. Lui non aveva fretta e come un leone a caccia si acquattò nel prato e respirò la sua preda: era lì, doveva solo aspettare il momento giusto.

Arrivò poco dopo il respiro di una nuvola solitaria nel cielo stellato, in quel mentre avrebbe voluto avere carta e penna per scrivere a Irene di sole e farfalle, di prati in fiore e sfavillanti stelle, ma non avendo nulla e neanche parole così originali nel cuore, non scrisse nulla. Aveva visto il Paolino uscire dalla casa, aspettò una manciata di minuti poi si diresse verso il suo misterioso, sconosciuto passato.

Più si avvicinava, più vedeva meglio quella solitaria costruzione di pietra e legno cresciuta intorno a un prato, come un'isola nel mare.

La facciata si presentava di cruda e nuda pietra, ma finestre e porte davano l'impressione di esser nate lì assieme alle pietre tanto erano vecchie.

Un solo piano, proprio piccolina come casa, pensò Andrea.

Diede ancora una guardata al bosco per essere sicuro di essere da solo.

Con sicurezza, calma ed emozione Andrea appoggiò la mano alla maniglia e lentamente aprì la porta. Un raggio di luna illuminò appena il pavimento e in automatico andò a cercare l'interruttore della luce. Non trovandolo, tirò fuori dalla tasca il cellulare e si fece quel poco di luce che poteva bastare.

Lungo il muro a sinistra si trovava appoggiata al davanzale una lampada da campeggio ancora tiepida e una scatola di fiammiferi. *Quindi il Paolino ha usato questa per vederci,* pensò. Strisciò lo zolfo del fiammifero sullo scratch e accese la lampada a gas. *Lenta fiamma che respira vita per i miei occhi, calda luce che riscalda il mio animo.*

Iniziò a guardarsi intorno e vide un piccolo piano d'appoggio con un fornellino da campeggio sotto il quale, dietro una tendina, trovavano posto due bombole del gas più altre piccole per la luce. Il muro girava di novanta gradi verso destra e continuava con un altro appoggio, che terminava in un lavandino di marmo bianco posto sotto a una finestra.

Da lì a poco il muro girava nuovamente e dopo uno spazio vuoto trovava posto un armadio in legno che toccava il basso soffitto. Tra Andrea e l'armadio era posizionato un tavolo, sempre in legno e pietra, con vari oggetti sopra. Osservando il tavolo intravide nella penombra una scala appoggiata al soffitto. Incuriosito andò a vedere e capì che quello che pensava fosse il soffitto era in realtà un piccolo soppalco. Era basso ma accogliente e caldo, il tetto era tutto rivestito di assi e i materassi profumavano di pulito.

Appena uno sguardo furtivo al soppalco e Andrea si girò a osservare l'unica parete che gli mancava; subito si accorse che era tutta intonacata e al centro facevano bella figura due porte. In quella di sinistra trovò una cantina piena di scorte di cibo, mentre nella porta di destra un bagno con tanto di vasca, boiler e lavatoio.

Un po' dispiaciuto andò a sedersi al tavolo. Con stupore vide una cucina a legna che gli era sfuggita alla prima osservazione. Sospirò. Il desiderio e la fame di risposte non potevano essere saziate, tanto valeva mangiar qualcosa.

Sulla tavola trovò alcune scatole, una bottiglia d'acqua, una di vino e un pezzo di carta.

Guardò dentro le scatole di latta e trovò pane, formaggio e salame. Incominciò a mangiare e a bere un po' d'acqua fresca. Lì, solitario nel silenzio della notte, decise di assaggiare il vino.

Alzò la bottiglia per avvicinarsela e il pezzo di carta rimase incollato al fondo. Lo staccò per rimetterlo semplicemente sul tavolo, ma si accorse in quell'istante di vivere una strana sensazione.

Si sentiva a casa, come se quella fosse proprio casa sua. Si accorse persino di avere la pelle d'oca e vide che quel pezzo di carta era tutto scritto, allora incuriosito iniziò a leggere:

Profumo di muschio e di luna in questa calda notte d'estate,
assaggio mirtilli e funghi e bevo pura sorgente,
tocco la ruvida pietra e ti penso, ti osservo.
Tu fai lo stesso con me, figlio mio?
Cattura la mia libertà e falla tua, assapora il mio vivere.
Concentrati sul nuovo tuo vivere.
Concentrati ragazzo, fallo per te.
Osserva, pensa, ragiona, agisci.
Non scappare dalle paure, scagliatici contro.
Sii più veloce e forte di ogni singola sirena di inquietante spavento invernale.
Ridi e sorridi di fronte a ogni fatto e misfatto.
La convalescenza è terminata, ora che ti è stata data la cura puoi alzarti dai tuoi scheletri e far vivere il tuo corpo.
Vivi, vivi, vivi. Vivi sereno dentro di te.
Ascolta sempre, poi, magari parla.

Per sempre, tuo padre.

Andrea si versò il vino, sorrise e bevve. Dolce nettare rinfrescante.

Si alzò e uscì fuori a guardare le stelle. Ne osservò una e sorrise.

24

Rimase un attimo a fissare quell'istante di infinito che si tuffava nei suoi sentimenti avvolgendoli delicatamente.

Il silenzio del bosco era il messaggero che cautamente catturava Andrea.

La sua pelle si trasformò.

I suoi occhi sempre più profondi nell'infinito.

Il suo cuore, dolcemente tumultuoso di parole, si stava preparando a un'esplosione d'emozioni.

Non ci volle molto perché rientrasse in casa. Puntò il tavolo alla ricerca di carta e penna. Trovò un cassetto nel quale c'erano delle candele, dei fogli e due penne. Prese un piattino da caffè dal lavandino. Accese la candela con un fiammifero, fece sciogliere un po' di cera nel piattino dove fissò la candela.

Velocemente mise in ordine quel poco di disordine e concentrato sul tavolo alla luce mossa della candela fissò quel piccolo pezzo di carta che era servito per tenere del buon caldo fragrante pane, e ora conteneva l'amore di un padre verso il figlio.

Era sempre stato così il Paolino, troppe emozioni lo portavano a scrivere, gli riusciva meglio che parlare, era semplicemente più naturale per lui.

Andrea iniziò a scrivere.

Vento di pace
che corri lungo sottili fili chiamati pensieri
fa esplodere i tuoi fiori in ogni animo disperato d'amore.
Cori vaganti
sottolineano l'importanza dell'atmosfera

creata da dolci canditi vagiti di fanciulla in preda alle fiamme del caldo amarsi.
Generazione di pazzi
che continua a camminare lungo vecchi fili
spezzati e annodati, fin troppo, fin troppi nodi ora!
I messaggi principali del mio pensiero vengono quasi sconvolti
e allora
cantiamo nuove melodie dalle quali poter tirar fuori nuovi fili senza nodi
urliamo i nostri pensieri lucidi o meno
ma non restiamo in questo nebbioso dormiveglia.
Scateniamo l'impeto d'ardore che brucia il nostro cuore pazzo di parole,
le farfalle hanno preso il volo.

Andrea

Non lo rilesse.

Spense la candela, chiuse la porta, a tentoni raggiunse la scala e andò a dormire. Il tempo di infilarsi nel sacco a pelo, guardare un attimo il soffitto e dire: «Buonanotte, vecchio mio».

25

Tutto quell'interminabile attimo di energia magnetica verso suo figlio, il Paolino lo aveva vissuto nascosto e protetto nel buio del suo cordiale bosco.

Quando vide che Andrea spense la candela e poi chiuse la porta, capì che suo figlio era al sicuro là dove assieme avevano vissuto sprazzi di vita paterna a loro insaputa, dove sarebbero sopravvissuti alla tempesta che li stava macinando.

«Oh! Magnifico,» disse il Paolino «dove mi porterà ora? Una vita di rinunce, di decisioni forse sbagliate ma sicuramente conflittuali, perché? Perché sei così cruda vita mia? Ho la pelle segnata da cicatrici che di colpo si sono riaperte. Perché? Divento fantasma di me stesso, impaurito fragile uomo. Crescerò?».

Guardò le stelle prima di andarsene, ne vide una più lucente di altre e sorrise.

Marta quella notte fece sogni agitati. Si svegliò più volte sudata. Avrebbe desiderato già di averli tutti lì. Dopo anni di silenzio non riusciva più a reggere tutti quei misteri, e poi c'era sempre da sistemare Umberto.

26

In un attimo Andrea fu conquistato da un forte, energetico e dolce abbraccio. Un attimo gli bastò per stringere la sua bellissima Irene. Un attimo per salutarsi col Paolino con un semplice cenno del capo, uno sguardo silenzioso e un ultimo attimo d'amore per baciarsi con la sua dolce metà.

Andrea non saltò contro il Paolino con tutta la sua forza di ragazzo. Non disse nulla di così violento e rabbioso, semplicemente si sedette al tavolo con in braccio Irene e guardandolo disse: «Caffè?».

«Sì, grazie.»

«Irene, caffè?»

«Perché no... Grazie.»

L'atmosfera all'interno della casa nel bosco non era elettrica o in fermento per qualcosa che da lì a poco sarebbe capitato.

C'era serenità, tranquillità ed emozione. C'era Irene che sempre più a fatica teneva tutti quei segreti, tradita da una piccola lacrima solitaria.

«Ehi cucciola, che fai? Piangi?»

«No, no. È solo che il biglietto che mi hai lasciato è stato un po' troppo per me.»

«Non volevo spaventarti .»

«Posso capire, ma sai, quando non te lo aspetti, poi...»

«Poi cosa?»

«Sono innamorata di te e mi preoccupo, tutto qui.»

Non se la sentì di raccontare che sapeva tutto, ingoiò il rospo.

«Non volevo ferirti.»

«Lo so, ma scappare non aiuta te, non aiuta me e fa solo male.»

«Cucciola, scusa.»

«Non devi chieder scusa a me,» tenero bacio di Irene «comunque, hai trovato quello che cercavi?»

Andrea abbassò leggermente il capo e con voce ferma rispose: «Sì, ho trovato, vero papà?» aggiunse guardando il Paolino.

«Oh Signore! Ora non chiedermi di abbracciarti o cose simili.»

«No papà, tranquillo.»

Ci fu un piccolo attimo di silenzio, di tensioni sciolte e della speranza di vivere almeno oggi senza troppi ruggiti di un passato decisamente turbolento, poi il Paolino riprese: «Sentite, dobbiamo partire oggi stesso, quindi...».

«Come partire?» chiesero in coro i ragazzi, e poi Andrea aggiunse: «No! Adesso basta! Ogni volta che arrivo a scoprire qualcosa di nuovo tu mi dici di rimandare le domande, di star tranquillo, di partire. Ma no scusa. Ora c'è Irene, c'è la casa nel bosco e ci sei tu. Esigo risposte».

La voce di Andrea non era più quella irrequieta, veloce e un po' arrogante da ragazzino, era una voce molto più tranquilla e serena, che forse aveva già iniziato il suo cammino di maturazione. Iniziava a esser consapevole del suo esser calmo e deciso?

«Ti racconterò tutto in viaggio,» gli rispose «ora non volermene, ma ho bisogno di fare colazione».

Pane, burro, marmellata e caffè. Dopo un'altra caffettiera il Paolino disse ad Andrea che era pronto, poteva chiedergli quello che voleva.

«No papà, mi basta sapere che tu sei qui per adesso. Comunque grazie.»

«Ma come?!»

«Dai, scherzavo. Non lo so, in verità. Mi sento preso in mezzo a voi che continuate a raccontarmi pezzi di nuovi passati a puntate, a dire come mi devo comportare nello stesso istante in cui voi mi raccontate false verità su vecchie bugie. Che cosa devo credere ora? A chi devo credere? Sono sempre più in confusione. Sto vivendo emozioni mai provate prima. Tutte così rapide, di fretta e l'unica cosa che sento continuamente ripetere da tutti voi è di stare calmo. Ma lo capite quello che sto provando? Vi rendete conto? Non è un gioco! È la mia vita!»

«Andre,» con voce pacata lo interruppe Irene «se vuoi sapere la verità, devi essere pronto per accoglierla.»

«Scusa, Irene, ma tu a cosa ti stai riferendo? A quale verità?»

«La verità è solo una: tu sei amato. E lo sei ancora ora da tutti, e sottolineo tutti. La verità è che i tuoi genitori sono vivi. La verità è che Alessandro e Camilla ti amano. La verità è che tuo padre è qui di fronte a te e tua madre ti sta aspettando.»

«Ma...»

«Sì! Tua mamma.»

Ci fu un solenne attimo di silenzio che fu rotto solo dalla voce calda e profonda del Paolino che disse: «Tra qualche giorno saremo di ritorno e potrete pure fermarvi qua nella casa nel bosco, però ora dobbiamo andare. Marta ci aspetta».

Ritirarono tutto. Il Paolino ritirò le lacrime nel suo cuore, Irene ritirò le stoviglie e Andrea ritirò le parole in gola. In un attimo furono in viaggio.

Partirono in tarda mattinata dal lago in direzione Oropa. La strada era affollata di grigia gente che, probabilmente, con pochi sogni nel cuore cercava una speranza di felicità nel trasportarsi da un dovere all'altro senza troppa convinzione. Vagabondi tristi e inconsapevoli di una società incivile e priva di accoglienza.

Il Pandino macinava chilometri tra silenziosi pensieri e ballate folk quando, in un punto non precisato di un momento qualunque di quel mesto viaggio, Andrea disse: «E per te? Io cosa sono? Chi sono? Tu sai di me più di quanto io sappia di te. Ma... Ah, lascia stare. Alza il volume per favore, ora non ho più voglia di pensare». Poi chiuse gli occhi e si allungò per quanto possibile sul secco sedile della macchina.

Il Paolino non disse nulla, guardò lo specchietto retrovisore e vide solo un pezzo della gamba di Andrea, guardò Irene e le disse di pensarci lei per la musica. Irene rovistò tra le musicassette che erano in macchina e ne trovò una con una simpatica copertina ma che non conosceva.

Scelse quella, alzò il volume e il viaggio continuò.

27

Era distesa nell'erba del terrapieno, gli occhi chiusi e i pensieri così affollati da spettinare pure i capelli. Marta quel giorno si sentiva irrequieta.

Non riusciva a pensare con lucidità, allora sempre più convinta che da lì a poco si sarebbe messo a piovere, decise di entrare in foresteria e chiedere una tazza di tè caldo. Prese la sua bevanda e si incamminò verso la stanza del silenzio per vedere se trovava, almeno lì, un po' di pace.

In quel momento arrivò all'ex monastero un ragazzo un pochino trasandato, che portava con sé uno zaino e una chitarra.

«Buongiorno, ho prenotato una stanza per qualche giorno, sono il ragazzo di Torino.»

«Sì, buondì. La stavamo aspettando. Le abbiamo preparato la stanza ventitré. Venga, l'accompagno.»

28

Irene volle fermarsi in un bar lungo la strada. Il Paolino la accontentò. Il brutto tempo si avvicinava. Il luogo di fede e verità pure. Il viaggio continuava.

Era frastornato Andrea, solo due parole aveva in testa: *tua mamma.*

Come faceva Irene a star così calma, come faceva a sapere così tante cose. Andrea aveva un'incontrollabile voglia di parlare con Marta ma non riusciva a trovarla, il cellulare di lei era perennemente spento. Arrivarono a Biella sotto una pioggia torrenziale, proseguirono guidati dal Paolino su per una lunga salita dove le case pian piano lasciavano sempre di più posto alle piante e le stesse più si saliva più lasciavano posto alla nebbia. Era tanto vedere la strada.

Nel momento in cui l'asfalto si fece pavé, il Paolino disse: «Ragazzi, davanti a voi c'è Oropa. Non oggi, ma al ritorno ci fermeremo».

Irene esclamò: «Oropa? La nebbia da queste parti la chiamano così?».

«No, ragazza, è un luogo di antica fede, molto affascinante e ricco di energia. Poi te lo farò conoscere.»

Andrea si era addormentato.

Marta era sempre più lontana, la mamma era sempre più vicina. Andrea era sempre Andrea.

29

«A ciascun giorno basta la sua pena.»

«Avevano ragione. Dunque sei tu!»

«Non ti sfugge niente. D'altronde non per niente eri, sei, la più brava nel tuo lavoro.»

«Smettila.»

«Ok, scusa.»

I due continuarono a darsi le spalle e non si voltarono per vedersi.

La stanza del silenzio era così accogliente per due anime perse nel loro io.

«Comunque ho deciso di chiudere, basta!» disse lei.

«È un pensiero coerente,» rispose l'uomo «però...»

«No, nessun però!» catechizzò la donna.

«Non ti agitare, non sono qui in missione. Sono qui per amicizia e fuori dai regolamenti sto facendo tutto ciò.»

«Come mai? Mica mi devi qualcosa.»

«A te no, ma ad Andrea...»

In quell'istante Marta si girò di scatto quasi come se fosse stata pugnalata al torace, proprio lì, nel cuore.

«E...» Marta voleva dire molto, ma non disse nulla, non voleva trasmettere tutto il trasporto che stava vivendo, anche perché il ragazzo trasandato non era altro che Umberto.

Ora che ci faceva lui lì? Aveva seguito Andrea e Irene? Quindi sapeva del Paolino? Cosa sapeva?

Troppe domande continuavano a sovrapporsi una sull'altra nella sua testa.

Ma prima ancora che lei stessa potesse rompere quelle catene, Umberto prese la parola e iniziò: «Vedi mia cara, ancora una luce sarebbe bastata. Ma invece no!» parlava con tono sconsolato, Umberto, e a testa china. «Poteva essere... Ma no! Sì, forse lo è stato all'inizio.»

Si alzò in piedi, si tolse tutto il trucco da ragazzo trasandato che lo copriva e guardando Marta negli occhi continuò: «Non ho ancora capito perché hai voluto vivere una vita così incasinata. Non so! Me lo sono chiesto sempre, sin dal principio. Perché lo so che Andrea non è mio figlio, perché l'ho sempre saputo che il Paolino è il papà di quel ragazzo, che è stato cresciuto come figlio di nessuno».

«NON DIRE COSÌ!» saltò su Marta. «Tu non conosci cosa voglia dire essere figli di nessuno, tu i genitori li hai sempre avuti. Tu...» Cadde sfinita.

In quella frase urlata in faccia a Umberto aveva consumato le sue ultime energie, si sentiva logorata da vent'anni di vita fin troppo vissuta; non ne aveva più, era spremuta fino all'osso e poi... Umberto.

Marta non riusciva più a sopportare il peso di una vita andata a rotoli, e neanche una vita che non voleva. Semplicemente aveva desiderio di vivere una vita vera con gli affetti più cari vicino a sé.

D'altronde non è questo il bello della vita? Che quasi magicamente, inaspettatamente, ti mostra nuove prospettive e ti lancia verso nuovi obbiettivi. Desiderava pace e serenità con tutto il suo cuore.

Con il lavoro e il trascorrere delle stagioni Umberto era cambiato, non era più il piacevole compagno con il quale condivideva gioiosamente piaceri e doveri, aveva intrapreso strade oscure tramite il lavoro.

Aveva smarrito quei leali valori per i quali avevano iniziato la loro carriera, improntata su capacità democratiche e liberali. Aveva smarrito l'amicizia col Paolino, ma soprattutto aveva perduto i sentimenti d'amore e fiducia verso Marta.

Lei stessa ne era consapevole, più e più volte durante tutti quegli anni aveva provato stando vicino a Umberto non a cambiarlo ma ad aiutarlo a ritrovarsi.

Ma nulla, non c'è più sordo di chi non vuol sentire, non c'è anima più persa di chi non abbia voglia di ritrovarsi.

La goccia che fece traboccare tutto il malessere di Marta fu la bomba a Istanbul il giorno del falso incidente tra Umberto e i coniugi Liverani. La bomba era stata piazzata da Umberto per colpire qualcuno dei suoi loschi traffici, per liberarsene una volta per tutte. Marta aveva tentato invano di far redimere il suo uomo, ma il risultato che ottenne fu quello di emanciparsi lei da tutte le arrugginite catene avute fino a quel momento.

Umberto, specialmente negli ultimi anni, aveva talmente complicato ogni faccenda che i pensieri di Marta erano sempre orientati al trovare una maledetta soluzione.

Pensava alla situazione di Umberto; alla vita di Andrea, che iniziava a essere in pericolo per i guai del marito; ai coniugi Liverani che rischiavano di conseguenza e al suo desiderio di vivere col Paolino, amore forte e tenace mai dimenticato.

Ne avevano parlato così tante volte che alla fine creare un falso incidente che potesse risolvere ogni guaio era stata giudicata la scelta più opportuna e vantaggiosa per tutti.

Ebbene sì, a malincuore misto a sollievo e felicità, pure Alessandro e Camilla furono d'accordo.

Alessandro e Camilla, disposti a mettersi da parte così brutalmente, inscenando di morire, praticamente abbandonando Andrea a se stesso. Quel figlio non loro che avevano cresciuto, allevato, educato e vissuto con tutte le loro energie, avrebbero dovuto perderlo di colpo. Ma loro nutrivano e nutrono tutt'ora un'immensa fiducia in Marta e un amore sincero verso Andrea, sarebbero stati disposti a tutto.

Non avevano dubbi sul fatto che un giorno si sarebbero ritrovati con loro "figlio". Chissà come avrebbe reagito lo stesso Andrea conoscendo sua "sorella" Anna, che nacque aquila in quelle protette cime.

Marta glielo disse: «Abbiate fede amici miei cari. Non temete. Con Andrea ci saremo io e Irene. Il tempo sembrerà eterno, ma entro un anno dall'incidente noi potremo riabbracciarci tutti assieme. Per il momento dei frati fidati vi ospiteranno tra le cime degli Appennini. Abbiate cura di Anna. Venite qua».

Fu così che in un momento di reciproca commozione si abbracciarono, salutandosi con devoto patimento.

Da allora Alessandro e Camilla furono ospiti alquanto gradevoli e operosi. Aiutarono e lavorarono finché non nacque la loro piccola luce di vita, ma anche dopo non esitarono a dar manforte a questi umili frati che con tanto calore li stavano ospitando.

Marta con i suoi semplici metodi lavorativi riusciva a essere sempre vicina ai suoi amici e ogni volta che i frati avanzavano qualche richiesta, lei c'era, ci sarebbe sempre stata.

Alessandro, Camilla e Anna erano lì, aspettavano il giorno delle forti emozioni nel quale tutti si sarebbero rincontrati.

Ma per quanto riguarda Umberto, era più complicata la questione.

Ciò su cui poteva far leva Marta per costringerlo ad accettare il suo diktat e uscire pulito sia dal lavoro sia dalle loro vite, erano prove compromettenti sulla negligenza, sulla corruzione, sui facili guadagni e sul sangue innocente che scorreva sulle mani di lui. Denunciandolo, Marta lo avrebbe sicuramente fatto rinchiudere in cella d'isolamento nella più remota prigione.

Ma si può tradire così l'uomo che hai amato tanti anni, e condannarlo a una vita di rabbia, sofferenza e rimorsi, facendo crescere in lui solo sentimenti d'odio e di vendetta?

O si può esserne complici un'ultima volta, cercando di offrire una via di riconciliazione con la sua stessa anima?

Marta era una buona e avrebbe scelto di concedere un'ultima chance a Umberto.

Ma lui, facendo due passi nella stanza in penombra e allontanandosi da lei, iniziò a dire: «Vedi cara mia, esistono guai profondi dei quali non sei a conoscenza, ora io aspetterò Andrea qui con te e poi lo porterò via».

Marta era sempre più calma e stranamente sempre più sollevata; aveva quello sguardo di consapevolezza femminile che solo le donne sicure di loro stesse sanno portare con assoluta fierezza e sincera motivazione.

Sapeva dove si stava arrivando, sapeva già la conclusione di Umberto. Quindi, alzandosi con calma e respirando profondamente, gli si avvicinò, fermandosi a pochi sospiri di distanza. Con lucida tranquillità, fissandolo negli occhi disse sottovoce: «Continua».

Nell'animo di Umberto stava crescendo una sicurezza un po' troppo presuntuosa e fiera, come solo un uomo debole ha. Ma d'altronde non ci si poteva aspettare altro da chi, accecato dal proprio orgoglio, era riuscito solo a costruirsi fragili e false verità intorno e soprattutto nel profondo del suo cuore.

Dunque continuò: «La bomba di Istanbul è servita per chiudere alcuni dei loschi affari, ma altri più complessi incombono sulla mia testa e per uscirne fuori... Mi serve Andrea».

«Cosa? A così tanto sei arrivato? A vendere Andrea?» Marta non ebbe più dubbi, per Umberto non c'era più via di ritorno, di salvezza. «Non ti meriti più nulla!»

«Io non ho mai avuto niente!» gridò lui.

«Falso!» ribatté Marta.

«Il tuo amore, una vita vera, nulla! Sempre nascosto, sempre finzione. Cosa ti aspettavi?»

«Hai ragione,» riprese lei più calma «non potevo aspettarmi altro. Ho sbagliato io a provare a vedere in te qualcosa che non sei mai stato, e mai sarai. Ho sbagliato a giudicare le mie sensazioni, ho mancato di educazione verso i miei stessi sentimenti.»

«Io ora porterò via Andrea e tu non mi fermerai.»

«Io no... Capitano, venga pure.»

La stanza in poco tempo si fece affollata, entrarono uno alla volta il capitano delle forze speciali e tutti i colleghi di tanti anni di servizio.

Ebbene sì, Marta aveva incastrato Umberto.

Quando concedi tutto e di più a un'anima persa, quando tutta l'edera e l'alloro che circonda quella persona non più lucida diventa sempre più verde e in aggiunta pure spinosa, quando ormai non c'è più ragione di continuare a cercare vie di salvezza, quando il suo buio odio rischia di uccidere la tua luce d'amore, l'ultimo atto di fiducia che puoi mostrare nei confronti di quest'anima perduta è fermarlo. A ogni costo.

Non serviva in quel momento né dire altro né cercare di fare scene eroiche. Non si arrivò a nessuna sparatoria o cose simili.

Umberto non disse nulla né si mosse più da dov'era. Guardò uno a uno tutti i presenti, infine guardò Marta. Occhi nocciola dentro occhi verdi, sguardi profondi e penetranti, gocce d'emozioni scesero lente dall'abisso nero delle pupille a segnare le guance di entrambi.

Fu un trasporto emotivo di ricordi vissuti, di colpi al cuore e pugnalate all'anima, fu uno strazio di puro dolore, fu solo un istante vero. Attimo magico dell'essenza chiamata vita.

Umberto alzò gli avambracci coi pugni chiusi.

Il capitano, senza dire nulla, dal fianco di Marta fece un passo per mettere le manette a colui che una volta era uomo e collega fedele, ma che il tempo aveva tristemente cambiato.

Marta lo fermò.

Prese le manette, le strinse ai polsi di Umberto, gli diede un bacio sulla guancia e all'orecchio gli sussurrò:«Addio».

Così, in una calma surreale, gli agenti lo accompagnarono verso la strada di fondo valle e poi verso l'orizzonte sconosciuto.

Solo il capitano si fermò con Marta per qualche secondo, in un silenzio che sapeva di fiducia, stima e riconoscenza. Molto compassionevolmente la salutò.

Così Umberto uscì dalle vite di tutti, in silenzio.

Marta, rimasta ferma come se davanti a lei ci fosse ancora l'uomo che per tanto tempo era stato al suo fianco, rimase sola nella stanza del silenzio.

Allora chiuse gli occhi e iniziò a respirare profondamente. Lentamente inarcò la testa verso l'alto. Un singhiozzo strozzato e una lacrima chiusa tra le palpebre serrate.

Le mani raggiunsero il volto fino a chiuderlo in un buio di dolore e poi scoppiò a piangere via tutto il male e il dolore che le aveva procurato Umberto.

Piangeva come una bambina, e in un sussulto di rabbia si strappò la sciarpa dal collo e la lanciò via più lontano che poté, con tutta la forza ingabbiata nel tempo per il dolore verso un non felice finale.

Crollò giù sul freddo pavimento e lì, nella penombra di quella antica e sacra stanza una volta dedicata al pentimento e alla penitenza, come per uno strano fascino allusivo o suggestivo, Marta iniziò quasi sconcertata, in maniera pressappoco mistica, a udire delle voci.

Voci basse di tono, lontane nel tempo, delicate e maschili.

Sembrava una vecchia lingua perduta. Marta si raccolse a sé per celebrare quel momento, qualunque esso fosse.

Ascoltava in rispettoso silenzio. "*Plenitudo legis est dilectio*[1]" e poi "*Qui spernit... Deus meus et omnia*[2]".

Venivano dallo spazio e dal tempo buio profondo della stanza, riempivano gli spazi, i vuoti.

Quelle parole fecero ritrovare la forza in Marta. Alzò le mani *addolorate* dal pavimento e le passò sul viso per asciugarsi le lacrime. Si alzò retta come le granitiche colonne della stanza.

Sospirò.

Levò lo sguardo e vide la frase con la quale Umberto aveva aperto il discorso tra di loro.

Sufficit diei malit a sua[3].

La fissò, ne scrutò ogni dettaglio e la fece sua in testimonianza di un passato vissuto e un presente da vivere.

Dunque basta piangere, Andrea stava per arrivare.

Con solenne rispetto, poco prima di uscire dalla stanza del

---

1 L'amore è la pienezza della legge.

2 Chi disprezza... il mio Dio e tutte le cose.

3 A ciascun giorno basta la sua pena.

silenzio, si chinò brevemente facendosi il segno della croce; non si spiegò il perché, le venne così d'istinto. Poi uscì.

Percorse il corridoio fino alla foresteria, dove trovò il cuoco che, vedendola alquanto turbata, smise di fare ciò che stava eseguendo e le rivolse tutte le sue attenzioni.

Ma prima ancora che l'uomo potesse parlare, lei commossa disse: «Mi scusi, brav'uomo, tra poco arriveranno degli ospiti che aspetto. Potrei mettermi un attimo in cucina a bere una tazza di tè caldo?».

«Ma certo signora, venga.»

«Grazie. Ah! Quando arriveranno questi ospiti potrà dire...»

30

Mancavano solo pochi chilometri alla conclusione del viaggio. Il Paolino guidava tranquillo, Irene cercava conforto nel paesaggio quasi inesistente a causa della nebbia e Andrea dormiva ancora. La musica usciva bassa dall'autoradio e le gocce di umidità continuavano a posarsi delicatamente sul parabrezza. Il Paolino di tanto in tanto azionava il tergicristalli, ogni tanto frenava un po' e sterzava per evitare le buche.

«NOOOO!!!»

In quel preciso istante Andrea si svegliò di soprassalto urlando, impaurì Irene che con scatto fulmineo urlò e si voltò. Il Paolino sterzò di colpo e prese un buco tremendo.

«Cosa c'è, Andre?» chiese spaventata Irene.

«Dove siamo? Dove siamo, Paolino?» urlò Andrea.

«Siamo a piedi!» rispose quest'ultimo.

«Come siamo a piedi? Andrea, ma che c'è?»

«Maledetto buco! E tu perché urli?»

Urlavano tutti sempre di più e nessuno rispondeva alle domande degli altri.

«Noo!»

«Dove siamo?»

«Che hai, Andre?»

In quel preciso momento, tutto svanì.

31

«Basta!» tuonò il Paolino. «Silenzio! Siamo quasi arrivati, manca poco. La macchina si è rotta e dobbiamo spostarla dalla strada. Continueremo a piedi, e per favore silenzio!»

Nonostante la sua calma apparente, stava vivendo quel lento avvicinarsi alla reale e concreta verità con agitazione e ansia.

Anche per lui non era facile: in pochi giorni risonanti lacerazioni del passato avevano squarciato quella sua massiccia corazza di eremita alpino. Tante domande si affollavano nel cuore per l'incerto domani in cui si stava tuffando con tutta la propria determinazione , ma a muso duro andava avanti.

Riuscirono, in un surreale silenzio, a spostare la macchina a bordo strada. Persero mezz'ora circa tra tutto ma poi si incamminarono verso la Trappa, verso quei pochi chilometri che mancavano ad Andrea per sapere la verità. Il viaggio volgeva al termine.

Dopo molti passi e diverse curve giunsero finalmente in quel fantastico luogo di pace; Andrea e Irene erano ammutoliti da tanta bellezza.

La camminata aveva fatto bene a tutti, con poche parole si erano spiegati e calmati. Andrea spiegò che tutte quelle forti emozioni vissute in pochi giorni gli avevano fatto sognare una vita senza più Marta, e per quello si era spaventato.

Il Paolino vedendo la Trappa ebbe dentro di sé un tumulto, un sentimento di paura, o meglio, di verità. Mando giù il boccone amaro di tensione e di brividi, ma continuò a camminare.

Irene iniziava a esser rapita dalla speranza che finalmente si stava arrivando alla conclusione di quel viaggio iniziato quasi un anno fa e che emotivamente stava diventando un calvario; ogni passo fatto in direzione di Marta era ossigeno per il suo cuore. Iniziava a sentire tutto il peso di tensione e stanchezza. Cercava conforto nell'abbraccio di un orizzonte più sereno.

I tre avventori furono accolti con cordialità dall'oste della secolare struttura. Irene si allontanò un pochino, continuò a camminare nel prato inseguendo la luce del sole che lentamente iniziava a scaldare e a farsi spazio tra la nebbia che stava scivolando via, come le vecchie bugie.

Andrea si fermò a pochi passi dall'ingresso. Stava osservando Irene,così dolce e bella nel suo perdersi con i capelli mossi dal leggero vento che soffiava da fondo valle. Pensò a quella soffice pelle tutta da baciare, al calore dei suoi seni e al suo profumo di giovane cerbiatta.

L'aria di quiete, serenità e armonia dell'ex monastero li stava dolcemente avvolgendo, accompagnandoli amorevolmente verso il loro destino.

Il Paolino domandò di Marta all'oste, che rispose: «È partita da poco con un uomo, però hanno lasciato qua i bagagli».

Allora chiese: «Hanno detto se torneranno?».

«No. Però avevano l'aria di chi va di fretta.»

«Hai sentito, Andrea?»

Andrea, continuando ad ammirare il suo amore, rispose: «Aspettiamo. Noi aspettiamo».

32

Proprio in quell'istante dalla cucina della foresteria uscì una persona, una donna: Marta.

Il cuoco (o oste, era lui che da solo portava avanti tutte le faccende lì al monastero) era stato veramente gentile e compiacente con la donna per la sua stravagante richiesta, così tanto sensibile da fare giusto il richiesto e poi uscir di scena.

Finalmente era giunta l'ora, e anche se non lo era, lo sarebbe stata.

Non voleva più far finta o nascondere la verità, andava affrontata.

Marta aveva combattuto per arrivare a quel *qui e ora* anche se aveva un groppo in gola da non riuscire più a deglutire, la bocca era secca, asciutta e impastata dall'emozione.

Il Paolino sentì un dolce profumo e si voltò.

Si sentì un po' come un bimbo emozionato, un ragazzino appassionato di fronte al primo amore, e un po' come un uomo impaurito.

Era lì, bloccato a osservare il suo amore che con molta grazia si mise un dito dinnanzi alle labbra in segno di silenzio e non aggiunse altro se non un dolce e sincero sorriso.

Il Paolino sorrise teneramente, capì e fece un passo indietro.

Andrea iniziò a sentire una presenza.

Irene continuava a fissare l'orizzonte.

Il Paolino quasi si sentì svenire e si chinò.

Marta prese fiato.

Irene si voltò e felice sorrise.

Marta fece un passo.
Andrea si voltò.
Marta si fermò.
Andrea sorrise e con un filo di voce disse: «Ciao, mamma».
«Ciao, figlio mio. Il viaggio è finito.»
«No, mamma. Il nostro viaggio inizia ora.»

FINALE

Si abbracciarono con gioia.

Il peccaminoso e pesante passato si stava dissolvendo come la nebbia.

Ora però a Marta spettava l'ultima fatica, spiegare con calma e per bene ad Andrea, non solo questi ultimi giorni di metà luglio, ma tutta una vita.

L'abbraccio se lo assaporarono tutti e due con una gioia e una leggerezza mai avute prima.

Quando si staccarono non smisero né di guardarsi né di sorridere.

Intanto Irene si era avvicinata.

Marta strinse forte le mani di Andrea e gli disse di scusarla un attimo.

Abbracciò Irene e una goccia d'emozione le cadde giù.

Irene piangeva a dirotto, scagliando fuori dalla sua anima tutta la tensione.

Marta con regale dolcezza le fece una carezza in viso, lei singhiozzò.

Candida fanciulla che con amore leale e pazienza aveva trovato finalmente il suo Andrea e una nuova famiglia con basi solide sulle quali poter creare un futuro di serenità e gioia.

Marta la salutò con autentica naturalezza e commozione.

Le due donne, tra una lacrima e un inizio di sorrisi, si strinsero forte. Poi con coraggio Marta si congedò per andare a salutare, abbracciare e baciare quel non più lontano, complice, bello e barbuto amore eterno: il Paolino.

Lui vedendo il suo sguardo si alzò a fatica, intrecciato in tutto quel vortice d'emozioni e sentimenti che gli facevano tremare le gambe.

Marta, allungando la mano verso di lui, disse: «Coraggio. Vieni».

Il Paolino tentennò qualche secondo, non riusciva a muoversi di un solo passo.

Rifletté d'istinto quasi inconsapevole ma poi una forza sconosciuta fino ad allora soffocata in lui, riuscì ad aprire una breccia nel suo tenero e roccioso cuore, diffondendosi in tutta la sua anima, in tutto il suo corpo.

Le dita del piede destro ebbero un fremito, il ginocchio ebbe un riflesso nervoso.

Come un gigante che stritola una roccia, il Paolino mosse un primo passo schiacciando il passato, ne mosse un secondo abbagliato dalla luce del sole di un futuro meraviglioso e al terzo passo trovò la serenità del presente in un caldo, avvolgente e tenero abbraccio di Marta.

Non era uomo di lacrime facili, ma una gli scappò via.

Marta con il dorso dell'indice gliela asciugò.

Si baciarono. Si accarezzarono. Si guardarono. Si accarezzarono. Si salutarono.

Il Paolino poi chiese di Umberto e lei, mettendosi una mano sul cuore, rispose in linguaggio giuridico e in maniera dolce ma decisa, in modo tale da non poter creare dubbi in un momento così solenne: «Umberto è perento, è solo più un'ombra di un grigio passato».

Il Paolino sbatté le palpebre e chinò la testa, in memoria di un'amicizia che fu.

Marta lo rincuorò e poi volle tutti con sé seduti alla tavolata lì fuori.

Il cuoco, vecchio filibustiere di montagna, stava assistendo al momento dall'uscio del monastero. Senza dire nulla, accese un focolare e portò vivande e coperte agli ospiti. Poi si rintanò in cucina e all'occorrenza usciva a rifornire di cibo, acqua e vino la famiglia ritrovata.

Marta iniziò a raccontare la sua vita, raccontò tutto, in una raccolta atmosfera di silenzi, domande, risate, amarezza ma soprattutto serenità.

Raccontò anche il Paolino qualcosa, soffermandosi un po' di più sull'incontro con Marta e i momenti con Andrea da piccolo nella casa nel bosco.

I ragazzi ascoltavano rapiti e commossi, poi pure Irene parlò per un attimo.

Andrea ascoltò tutto e più veniva a conoscenza dei fatti più si acquietava il suo caos interiore.

Ma Marta non voleva solo limitarsi al racconto dei fatti, desiderava dirgli qualcosa di più.

Voleva dirgli quello che non si può né vedere né udire, nemmeno toccare; bramava dal desiderio di spiegare a suo figlio il perché.

«Vedi, figlio mio, tutto questo viaggio, tutte queste emozioni, queste scoperte che hai fatto, sono il frutto del nostro passato, di tutti noi. Per poter riuscire a venir fuori da questi malvagi e sbagliati labirinti nei quali eravamo rinchiusi, ho deciso di farti vivere quest'esperienza per tutti i motivi che ora conosci. Ma non dimenticare mai, dolce ragazzo, l'essenza di tutto questo.»

«E... Cos'è?» chiese Andrea.

«La ricerca in tutta la tua vita che verrà della ricerca della fede e della verità. La fede puoi viverla in diversi modi, fede religiosa o fede come fiducia o come anello che sigilla l'amore. Ma non scordare mai che la fede è quella forza che giace nel cuor tuo e ti spinge a essere sempre il meglio per te stesso. La verità è credere con armonia a un'assoluta realtà effettiva. Credo, fede e verità sono i tre pilastri della tua anima. Non permettere mai che qualcuno li rovini. Ti voglio bene, figlio mio.»

Marta concluse così, mentre Irene abbracciò Andrea e il Paolino che con una mano si accendeva una sigaretta e con l'altra stringeva la mano di Marta.

Marta e Andrea strinsero le loro mani libere in un incontro di pura linfa.

Finito di stampare
nel mese di marzo 2024
presso Rotomail Italia S.p.A. – Vignate (MI)